나는 하늘의 천복을 받은 사람이다

나는 하늘의 천복을
받은 사람이다

펴 낸 날　2024년 2월 2일

지 은 이　진명석
펴 낸 이　이기성
기획편집　이지희, 윤가영, 서해주
표지디자인　이지희
책임마케팅　강보현, 김성욱
펴 낸 곳　도서출판 생각나눔
출판등록　제 2018-000288호
주　　소　경기 고양시 덕양구 청초로 66, 덕은리버워크 B동 1708호, 1709호
전　　화　02-325-5100
팩　　스　02-325-5101
홈페이지　www.생각나눔.kr
이 메 일　bookmain@think-book.com

• 책값은 표지 뒷면에 표기되어 있습니다.
　ISBN 979-11-7048-660-2(03810)

나는 하늘의 천복을 받은 사람이다

진명석 자전 에세이

생각나눔

우리 집 정원에 있는 연리지 부부 소나무

아내와 함께 문무대왕 유조비 앞에서 기념사진

목차

제2장 어머니의 애틋한 삶

제3장 칠전팔기의 삶

제4장 나는 하늘의 복을 받은 사람이다

제5장 늦게 핀 국화꽃이 오래가듯이
나의 인생 철학을 공유하며

심청혜명

책을 펴내며

와룡산 중턱 허름한 오막살이에 먼동이 틀 때면 어김없이 오늘도 어머니의 담뱃재 터는 소리에 일어나 화장실을 가며 꿈을 키워갔습니다. 비록 체구는 작았지만, 반듯한 이목구비에 우렁찬 목소리는 시골동네를 들썩이고 있었습니다.

학교를 마치면 나는 삼천포 읍내로 한걸음에 달려가 아저씨에게 아이스께끼 상자를 받아 이 골목 저 골목을 휘저으며 "구두 닦으세요!"와 "아이스께끼!"를 외치며 삶의 경쟁 대열에 일찍이 뛰어들었습니다.

사람을 보면 '아, 저 사람은 구두를 닦을 사람이고, 아이스께끼를 사 먹을 사람이구나.' 하는 게 어느 정도 파악될 정도로 나의 눈썰미와 제치는 좀 남달라서 어머니의 쌈짓돈에 미약하나마 도움을 주었습니다. 학교를 졸업하면 이 삼천포에서 벗어나서 돈을 벌러가야 한다는 그런 당찬 포부를 가지고 초등학교에 다녔습니다.

아마도 초등학교 저학년 때 생활비가 없어서 누나는 어린 나이에 부산으로 식모살이를 가야만 하였고, 바로 위의 형님은 정신장애자가 되어 어느 날 우리 집에 불을 질러 그만 옆 동네로 이사를 가게 하였습니다. 그러자 평상시 불심이 돈독하였던 어머니는 스님에게 불이 났다고 말씀을 드리니 스님께서 오셔서 여기에서 살면 식구들이 다 죽으니 하루속히 이사하라고 하셨습니다. 그러곤 말씀 끝에 "지금 그나마 이 집이 유지가 되는 것은 저 막내아들의 복력이고, 저놈이 이 집을 다시 일으킬 재복을 타고났다." 하시며 나의 운명을 일찍이 예견하셨습니다. 내가 그런 재복을 타고났어도 사십대 때까지 난 건달 세계에서 노름에 빠져 인생을 낭비하는 삶을 살았습니다.

아버지가 7년 병고 끝에 돌아가시고, 어머니는 젊어서 과부가 되어 우리를 키우려 홍시와 고등어 장사를 하면서 참으로 애달픈 삶을 살았습니다. 그런 어머니의 희망은 오직 막내아들 하나가 성공하는 것이었습니다. 택시 조수를 하면서 자동차 면허를 따고 어머니께 자동차를 사 달라고 하니 어머니는 일말의 거절도 없으시고 당신의 재산 전부를 탈탈 털어서 70만 원을 주셨습니다. 그 돈을 포대에 담아 새끼줄로 입구를 동여매고 그것을 지고 울산으로 향하는 나의 마음은 하늘을 나는 기분이었습니다. 그런데 그 소중한 돈으로 사 준 택시를 난 노름판에서 노름으로 날려버리고 점점 더 망나니 깡패가 되어 어머니의 가슴을 검게 탄 숯덩이로 만들고 말았습니다. 그리고 어머니는 한평생을 연탄방 월세 3,000원에 전전긍긍하며 오직 하나 막내아들이 선한 사람이 되는 것이 당신의 소망이었지만, 끝내 시원하게 효도 한번 하여보지 못했습니다. 뒤늦게 철이 들어 소위 성공을 하고 보니 어머니는 내 곁에 없었습니다. 첫 번째 부인을 첫눈에 반하여 만났지만 난 그만 건달세계의 향락에 취하여 소홀히 한 대가로 더 방황하며 마음을 잡지 못하고 동생들을 거느리고 그저 해결사의 역할에 만족하며 인생을 낭비하였습니다.

정말 건달세계는 나를 낳아준 부모도 몰라보는 망나니가 되게 했습니다. 그러나 어머니께서 일편단심으로 부처님께 불공을 올리면서 저 아들 녀석이 그저 평범한 사람으로 돌아오길 소망한 공덕으로 어느 날 친구의 아버지가 일수를 하여보라 권유하며 선뜻 사업자금을 후원하여 내가 마주한 새로운 직업과 책임감이 서서히 어둠의 세계에서 벗어나는 계기가 되었습니다.

그러나 천성이 선하고 독하지 못하다 보니 일수를 하면서 형님과 동생, 누나의 인맥이 형성되고, 상대방의 아픔에 공감하다 보니 난 돈을 받을 수 없는 그런 사람이 되어갔습니다. 마침 나라가 부도가 나자 이것 역시 내가 할 일이 아닌 것 같아 난 사람들을 불러 모아 가위로 공증과 차용증을 잘랐습니다.

정말 내가 다시 사람들을 협박하고 화를 내는 게 두려워서 과감하게 청산을 한 것이 뒷날 내가 하늘의 복을 받을 준비를 한 것이라고 저는 생각합니다. 내가 다시 사람의 정을 회복한 것은 두 번째 부인을 만나 얻은 막둥이의 잠자는 모습을 보고서입니다. 이 모습은 지금까지 내가 살아온 삶의 궤적을 180도 수정하게 만들었습니다. 그 침대에서 곤히 자는 모습이 어찌나 아름답고 예쁘던지 내가 이렇게 살면 안 된다는 한마디로 뒤늦게 철이 들게 하는 순간이었습니다.

나의 한 몸에 일곱 식구가 딸려있어서 난 무한한 책임감을 느꼈습니다. 어떻게 인생을 살아가야 하는지 방구석에서 나오지 않고 하루에 담배를 두 갑 반이나 피우면서 아이의 우윳값을 걱정하는 신세가 되다 보니 무엇이든 하여야 한다는 생각에 울산에서 잘나가는 친구의 형님을 찾아가서 나의 자초지종을 설명했습니다. 그러자 내일서부터 사무실에 출근하라고 하니 얼마나 고마운지…. 난 어떻게 집에 왔는지 모를 정도로 기뻤습니다.

나의 소질에 맞는 법원 경매를 배우면서 지금까지 내가 건달세계에서 살아오며 생긴 리더십이 사람들을 불러 모으게 하였고, 더 발품을 파니 돈이 흘러가는 길이 조금 보이기 시작하였습니다. 경매에서 저렴하게 땅을 사고 건축업을 하여 빌라를 분양하다 보니 큰 부자는 아니지만 그래도 밥을 먹고 사는 위치에는 오르게 되었습니다. 돈다발이 방구석에 탑을 이루며 쌓여있는 모습을 바라보고 내게도 이런 순간이 오는구나 하는 희열을 느껴보았습니다. 그렇게 부지런하게 살다 보니 내 주변에는 항시 돈을 빌리러 오는 사람들이 있었고, 빌려준 돈이 인연이 되어 하늘의 복을 받는 말굽 산을 개발하는 프로젝트에 내가 주도적으로 하게 되는 기회가 왔습니다.

지금까지 수많은 사람이 돈으로 저 산을 개발하려고 무수히 노력하였지만, 문화재 고분지역이라 아무도 개발할 수 없습니다. 그러나 남들이 풀지 못하는 그 일을 내가 자비심을 키워드로 잡아 내 이름 석 자로 해결했습니다. 정말 봉이 김선달보다 서너 수위의 신의 한 수가 결정적으로 우리 모두의 닫힌 마음을 열게 하여 말굽 산의 허가를 통과하는 역할을 하여 소위 하늘의 복을 받았다는 말을 하고 또 현실이 사실이고 하여 이제야 여러분들에게 사실을 고하는 바입니다.

저는 초등학교 졸업이 전부이지만 살아온 삶의 이야기는 그렇게 평범하지가 않아 저의 인생 이야기를 가감 없이 전하려고 합니다. 여러 가지로 부족하지만, 선한 사람도 되고 성공도 하여 남들이 하지 못하는 것을 해내는 사람의 집념과 그 과정들을 엮고, 허물은 참회하고 다시 나의 마음에 선업을 짓기 위해 자서전으로 편찬하게 되었습니다.

여러분들의 질정을 달게 받으며 비록 망나니 인생의 이야기지만 인생의 희로애락을 통하여 그동안의 삶을 함께 공감하고 싶습니다. 내세울 것은 없지만 평범하지 않은 인생의 이야기를 이제 여러분들 앞에 내어놓습니다. 편안히 일독하시길 권하면서.

와룡산 샛고랑 모정골에서….

제1장

유년 시절과 40대까지 나의 삶

1.
와룡산 삼천포의 오두막에서
2남 1녀의 막내로 태어나다
(다른 형제분들은 홍역으로 돌아가심)

와룡산 중턱 양지바른 곳에 허름한 초막이 내가 태어난 곳이다.

마당 툇마루에 앉아보면 넓은 평야가 펼쳐지고, 그 평야의 지평선 끝에는 마치 볏짚을 쌓아 올린 것처럼 생긴 노적봉이 자리하고 있다.

한눈에 보아도 시원한 경관과 끝없이 펼쳐진 평야를 바라보며 난 이곳에서 태어남을 매우 자랑스럽게 생각하곤 한다. 물론 가난하고 배고팠을 때는 이 시골을 벗어나고 싶었다. 몰래몰래 도둑 기차를 타고 울산이나 부산으로 도망가는 게 유일한 희망인 때도 있었다.

이제 내 나이 70을 맞이하고 고향의 산천을 바라보는 느낌은 역시 사람은 주변의 자연환경이 어느 정도 그 사람의 인생에 영향을 주고 있다는 것을 새삼 느끼게 한다.

이 힘 있게 뻗은 와룡산의 기운과 넓디넓은 평야가 한 인간의 욕망을 더 키우게 했다. 이곳에서 전쟁놀이를 하고, 저 넓은 저수지에서 고기 잡고 수영하던 나의 어릴 적 놀이터가 내 잠재의식에 숨어있던 욕망을 더 자극하게 만들었다. 이제 나이가 들어 고향산천을 바라보니 평온하게 다가온다.

내가 배운 것이라곤 초등학교 졸업이 전부인데 울산에서 '진명석' 이름이면 모든 게 패스 될 정도로 건달세계에선 나름 이름값을 한 것도 이 고향 산천의 기운을 받았기 때문이다.

사람의 명성과 경제적인 부를 갖출 수 있었던 것도 결국은 내 고향 삼천포가 지니고 있는 역량에다 내가 노력하여 두 가지를 해낼 수 있었던 것도 내가 태어난 와룡산 오두막의 기운을 받았기 때문이다.

내가 태어나서 일곱 살 때 기억은 '아, 우리 집이 못사는 집이구나.' 하는 생각을 한 것이다. 찢어지게 가난한 생활이 어린 나이에도 그런 생각을 하게 했고, 나는 이 오두막에서 어머니의 사랑을 받으면서 누구에게도 지기 싫어하는 성격과 골목대장의 위풍을 조금씩 만들어 가고 있었다.

내 고향 삼천포 모정마을 입구 간판석

2.
나의 운명은 가정을 일으킬 재복을 타고났다

어렸을 때 어머니께서 이런 말을 해주셨다. 쌍계사 큰스님께서 당시 나의 사주와 관상 그리고 내 모습을 보시곤 "너는 이 가정을 일으킬 재복을 타고났으니 아들이 원하는 것을 다 해주라."라고 하셨단다. 저놈은 크게 될 놈이니 무슨 일을 하여도 막지 말라고 스님께서 말씀하셨기에 어머니께서는 나를 금이야 옥이야 하시며 말을 하면 정말 다 해주시곤 하셨다.

그런데 오늘에서야 하는 말이지만 정말 쌍계사 큰스님인 고산스님은 정말 도인임에 삼배를 올린다. 나의 사주와 관상을 한 치의 오차도 없이 정확하게 꿰뚫어보심에 찬탄과 감사 그리고 무한한 책임감을 통감한다.

일단 타고난 재복은 갖추고 있었고, 주변의 도움과 본인의 노력과 성실 그리고 해내는 힘만 갖추면 성공을 할 수 있다는 게 삶이 나에게 가르쳐준 깨달음이다.

그러나 이제야 이런 말을 할 수 있지만 40대까지 망나니 쓰레기 같은 삶이었다. 누구나 이 세상에 건강하게 태어남이 복이다. 그것을 얼마만큼 주변과 조화롭게 펼쳐가느냐가 관건인 것이다.

3.
형님이 정신장애로 집에 불을 지르다

형님은 14살까지는 총명한 사람이었다. 그런데 14살 때 운흥사에서 공부를 하다가 그만 무엇에 놀라 정신병이 생기고 말았다. 몸도 정신도 부족하다 보니 늘 스스로를 자책하고, 때론 만취해 집을 나가 동네를 쏘다니며 방화도 하는 버릇이 있었다. 아버지가 돌아가시고 어머니 혼자서 우리 형제들을 키우고 동분서주를 하는데 형님은 오두막에 불을 질렀다. 우리는 오갈 데가 없어서 샛고랑 모정골이라는 이웃 동네로 이사하게 되었다.

똑똑한 형님이 절에서 공부하다 왜 정신병이 생겼는지는 알 수는 없으나 아마도 그 후로 어머니께서는 나에게 더 과대한 사랑 쏟으셨고, 그 속에 집착이 함께하였으리라 생각된다.

어머니를 그려보며

　종명하던 큰아들이 정신장애가 되어 우리들의 보금자리
인 오두막을 태워버리고, 아무것도 없는 살림살이에 이사
를 가서 새로 시작해야 하는 어머니의 마음은 얼마나 애
탔을까? 상상하니 눈물이 앞을 가린다.

　나는 하늘의 천복을 받은 사람이다

4.
16살 누나는 부산으로 식모살이를 떠나다

아버지는 7년 병고 끝에 돌아가시고, 어머니 혼자서 장애자 자식을 둔 젊은 과부가 되어 자식들을 키우는 가난의 고통이 얼마나 깊었을까?

육성회비 돈을 마련하기 위하여 누나는 초등학교 4학년을 중퇴하고 부산으로 식모살이를 하러 떠났다.

지금 생각하여 보면 그 당시 육성회비는 가난한 민초들에게는 큰돈이었기에 육성회비를 마련하기 위하여 어머니 손은 마를 날이 없었다. 철부지 자식을 낯선 곳으로 식모살이를 보내는 부모의 마음은 얼마나 가슴이 아팠을까? 또한 내 가족의 행복을 위하여 어린 나이에 타향으로 식모살이를 떠난 누나의 용기도 정말 대단함을 치하하고 싶다.

고사리 누나는 식모살이로 번 돈으로 나의 초등학교 육성 회비를 내어주었으나 난 그것도 모르고 천방지축 싸움꾼이 되었다. 동네 아이들을 때려 코피가 터져 우리 집으로 찾아오면 난 어머니 몰래 마루 밑에 숨어 그 순간을 모면하며 골목대장의 영역을 점차로 넓혀갔다.

우리가 기억하여야 내용

우리의 부모님, 형님과 누나들은 내 가족의 평화를 위하여 당신을 희생하며 돈을 벌어 동생들을 공부시킨 장본인들이다. 오늘날 이 이기주의 세상에 우리의 부모님들은 그렇게 당신의 희생을 영광으로 생각하였기에 오늘날 우리가 이렇게 행복할 수 있다는 걸 잊어서는 안 된다.

5.
초등학교에 다니면서 아이스께끼 장사를 시작하다

　　　　　　누나가 식모살이를 떠나고, 어머니의 행상 (장사)도 시작되고, 장애자 형님도 똥장군을 메러 가는 것을 보면서 내 머릿속은 오로지 돈을 벌어야 한다는 생각으로 가득 찼다.

　공부는 안중에도 없고, 학교를 마치면 나는 삼천포 읍내로 나가서 아이스께끼를 파는 아저씨의 도움으로 구두닦이와 아이스께끼 장사를 하게 되었다.

　활달하고 우렁찬 성대를 가진 나의 목소리는 금세 사람들을 불러모아 아이스께끼를 파는 재치가 있었다. 나는 아이스께끼를 팔고 번 돈을 호주머니에 넣고 정말 얼마나 신나게 달렸는지 넘어져도 아프지가 않았다.

　형님에게 남은 아이스께끼를 던져주고 어머니에게 돈을 드리고 곧장 나는 친구들과 공차기를 위해 달려 나갔다. 밤

늦은 시간까지 공을 차고 허기진 배는 물로 채우며 어머니께서 나를 찾아올 때까지 나는 오로지 친구들과 쏘다니며 노는 데 골몰하였다.

어린 나이에 구두를 닦으라고 소리치고, 아이스께끼를 사라고 소리친 나는 남들에게 지기 싫어하는 성격과 사람을 구분하는 안목이 이때부터 생겨났다. 하지만 일찍 돈을 벌어야 한다는 생각에 집중하다 보니 진작 중요한 사랑을 잃어가고 있었다.

내 마음속은 동심이 아니라 빨리 학교를 졸업하여 돈을 벌어 가정을 일으켜야 한다는 압박감으로 가득했기에 무엇이든 차분하게 한 계단씩 오르기보다 한 번에 한탕을 하려는 얄팍한 도박쟁이의 모습을 가지게 되었음을 훗날 알게 되었다.

그래도 삼천포 읍내를 쏘다니던 구두닦이 소년의 기상이 있었기에 울산의 건달세계를 거쳐 끝내는 누구도 해내지 못하는 일을 해내는 하늘의 복을 받을 수가 있었다.

6.
운흥사로 엄마 손잡고 벚꽃 구경을 가다

내 칠십 평생을 살아오면서 어머니와 함께한 사랑의 순간은 운흥사 벚꽃길을 어머니 손잡고 걸었던 기억이다.

어머니께서 참신한 불자였고, 늘 운흥사 부처님께 궂은일이건 좋은 일이건 항시 불공을 올리고 기도를 드리는 게 일상이었다. 그것은 아버지 없이 자식들을 키우느라 그 애환을 스스로 치유 받고 싶어서이고 또한 조카와 장애자 형님 그리고 나에 대한 사랑과 자비의 마음이 깊어서이다.

어머니의 머리에는 쌀을 이고, 나는 엄마 손을 잡고 운흥사 벚꽃길을 올랐다. 어머니는 오르막 산길에서 쉴 때도 공양물을 땅에다 내려놓지 않고 당신의 가슴에다 대고 쉬면서 부처님께 애틋한 공양을 올리곤 하였다.

내가 40살까지 정말 망나니 자식, 건달이 되어 어머니의 그 깊은 사랑과 자비를 한 번도 헤아리지 못했다. 지금에 와서 그래도 유일하게 어머니와 함께한 이 길이 생각나서 가끔 이곳을 찾곤 한다.

어머니는 아니 계시지만 그 공양물을 가슴에 대고 앉아서 쉬었던 벚꽃나무들은 지금은 그늘이 되어 오가는 사람들의 마음을 평화롭게 하여줌에 이 길 속에서 어머니의 발걸음 소리와 숨소리를 느낀다.

7.
장애자 형님이 가르쳐준 지혜

　　　　나는 형님이 장애자라는 것을 어릴 적은 잘 몰랐다. 그런데 하루는 형님하고 지게를 지고 나무를 하러 갔는데, 형님은 형님인데도 나무를 너무도 조금만 지는 것을 보고 그제야 난 형님의 모습을 바르게 볼 수가 있었다.

　나무를 하여 지게에 지고 언덕길을 내려올 때 형님이 갑자기 내 이름을 부르면서 지게를 지고 내려올 때는 반드시 발을 옆으로 나란하게 하여야 미끄러지지 않는다고 알려주었다. 지금도 등산을 하고 내려올 때면 형님이 지게 지고 가르쳐준 지혜를 그대로 적용하여 안전하게 내려오고 있다. 형님의 그 말 한마디가 삶을 행복하게 하는 감동의 말씀이다.

　함께 사유하면서

　지게를 지어 본 사람은 알 것이다. 육중한 무게를 지고 산길을 내려올 때면 무엇보다 몸의 균형이 중요하다. 그 균형을 잡는 게 발걸음이기에 나란하게 발을 움직이면 절대 미끄러지지 않는다.

우리가 이 단순한 삶의 지혜를 일상에서 한 걸음 한 걸음에 집중하고 걷는 연습을 하면 지금보다 더 단순한 자기를 만날 수가 있다. 그만큼 걸음은 우리의 몸과 의식을 집중하게 한다.

8.
15살에 택시 조수를 시작하다

초등학교만 졸업하면 삼천포를 떠나 울산이나 부산으로 가서 돈을 벌어야 한다는 생각을 했다. 어릴 적부터 어머니께 밥상머리에서 귀가 따갑게 들었던 "네가 이 가정을 일으켜야 한다."라는 말 속에 자랐기에 돈을 벌 수 있는 길을 찾았다. 그래서 택시 조수 일을 시작하였다.

그 당시 인기 직종이 운전하는 것이었다. 하여 나는 19살, 어린 나이에 버스 차장을 하면서 울산의 길을 배우며 버스 운전을 배웠다. 아버지로부터 물려받은 손재주와 눈썰미 그리고 근면성실함 덕에 금세 울산지리도 알고, 울산 시내길을 알게 되었다. 삼천포 촌놈이 울산에 와서 버스 차장을 하면서 만나는 도시의 환경은 낯설었지만, 금세 적응했다. 사교성이 좋아 친구들과 어울림도 잘하며 그렇게 나의 차장생활은 새로운 꿈을 갖게 만들었다. 그동안 가난하게 살아온 우리 가정에 도움을 줄 수 있다는 희망이 생기면서 난 남들보다 더 열심히 정비 기술을 배웠고, 숙련된 운전으로 자동차 면허증을 취득하게 되었다. 그리고 그 면허증을 들고 어머니를 찾아가니 "우리 아들 장하다!" 말씀하시던 모습이 눈에 선하다.

9.
23살 때 찾아온 행운

택시 기사 조수 생활은 나중에 자동차 정비 공장을 하고 싶은 꿈을 갖게 하였으며, 무슨 일이든 사람들을 잘 이끌었고 여기에다 난 가진 것도 없는 타향살이인데도 어디서 나오는지 배짱이 두둑했다. 부모님으로부터 물려받은 천성이었다.

당시 나는 노름으로 어머니께서 사 준 택시를 날려 먹고 의기소침해 있었는데, 이런 나를 보고 시민택시 사장님께서 자기네 회사로 들어와서 택시를 운전하여 보라고 하여 흔쾌히 대답하고 열심히 일을 하였다. 평소에 나의 모습을 본 사장님께서는 어느 날 나를 불러놓고 이런 말씀을 하셨다. "너는 오늘서부터 나의 척사다." 즉 내가 사장님의 오른팔이라면서 회사의 재무와 집안의 재산까지 다 관리하는 것을 맡기는 것이었다. 나는 배운 것은 적지만 사람들을 이끄는 리더십은 타고났기에 나에게 온 기회를 놓치고 싶지가 않았다.

어느 날 나는 국민은행에 저금하기 위해 오천 원짜리를 자동차 트렁크에 가득 실었더니 그만 자동차 스프링이 내려앉은 경험도 있었다. 지금까지 그렇게 많은 돈을 처음 봤다. 그렇게 나는 본의 아니게 이 큰 택시 회사 사장님의 척사 자리에서 다양한 경험을 쌓는 시간을 4년이나 할 수 있었다.

사장님의 국회의원 도전이 여러 번 실패로 끝나면서 우리의 인연도 여기에서 멈췄지만, 삼천포 촌놈이 도시의 청년들을 제치고 나름대로 척사의 자리에 발탁이 되기까지 감사하며, 난 다시 꿈을 키워가기 위해 시골의 어머니를 찾아서 나의 꿈을 말씀을 드렸다.

그 당시 사장님은 "진명석이는 나라를 들어먹을 놈이다. 벌써 크게 될 놈이다."라고 하시며 장차 하늘의 복을 받을 일을 해내는 마치 떡갈나무 잎의 근기를 보셨다.

10.
어머니의 전 재산을 팔아 택시를 사다

조수로 시작하여 택시 회사 사장님의 척사도 해보며 난 나의 자동차를 갖고 영업을 하면 돈을 많이 벌수 있다는 희망을 갖게 되었다. 어머니께 택시 살 돈을 말씀을 드리니 어머니는 거두절미하고 전 재산을 팔아 택시를 사는 것에 도움을 주셨다.

집과 땅을 그리고 약간의 저금한 것을 합하여 총 70만 원을 포대에 넣고 새끼줄로 입구를 동여매어 짊어지고 울산으로 가서 택시를 샀다. 어머니께서는 월세 3,000원 연탄 문간방으로 이사를 하시고, 아들에게 희망을 주고 당신은 거의 한데에 나앉은 생활을 시작하셨다.

*지금도 마음속에 짠한 것이 그대로 남아있는 것은 당신은 월세 3,000원짜리 방으로 이사하고 행상을 하면서

자식을 위하여 올인 하신 모습이다. 어머니의 자비심을 생각하면 눈물이 앞을 가려 그저 한숨만 나온다. 당신의 안위는 1%도 생각하지 않고, 오직 자식이 이 가정을 일으켜주길 바라는 사랑의 마음을 난 처절하게, 그것도 도박으로 자동차를 날렸으니 참으로 무슨 말을 하랴…. 어머니께 용서를 빈다.*

11.
차주의 부러움에 난 싸움꾼이 되었다

어느 날 조수에서 갑자기 차주가 되니 주변의 동료들은 시기와 질투 그리고 모함이 들끓었다. 그러나 나는 장애자 형님과 어머니 그리고 누나를 생각하니 여기에서 살아남아야 하기에 뒤로 물러날 수가 없었다. 게다가 누구에게도 지기 싫어하는 성격에 싸움에서 지면 끝까지 상대를 물고 늘어지기에 난 싸움꾼이 되어갔다. 그러는 사이 어느새 내 밑에는 동생들이 모여들고, 깍듯하게 대하는 '형님' 소리에 난 어머니로부터 받은 사랑을 점차 잃어가고 조직의 우두머리가 되어 세력 다툼에 휩쓸리게 되었다. 삼천포 촌놈의 순박함은 없어지고 사람들의 해결사 역할에 어깨에 힘을 주며 건달세계에 들어가게 된다.

지금에 와서 생각하여 보면

내가 이 작은 체구에 건달세계에서 놀았다 하면 사람들은 좀 의아하게 생각할 수도 있다. 그렇고 그렇게 빠져나오지 못하고 그런 생활을 한 것이 좀 납득이 가지가 않을 때도 있다. 젊은 혈기에 그 생활을 접하다 보니 다른 사회생활은 적응이 쉽지가 않았으며, 결론은 땀 흘리며 돈을 버는 것을 망각하였기에 그런 것이라고 정리가 된다.

12.
살아남기 위해서 건달세계에
본격적으로 입문하다

난 성공을 하여 가정을 일으키기 위해 울산으로 왔지만, 현실은 내 의지와 상관없이 여기에서 살아남아야 한다는 절박감이 나를 암흑의 세계로 들어가게 하였다. 그것을 내 삶의 터전으로 받아들이니 그런대로 난 그 스릴을 즐기면서 도박과 향락에 취하여 우리 사회의 어두운 곳에서 인간의 본성을 풀어가는 맛에 취해가고 있었다. 건달세계는 한마디로 의리이며, 동생들의 아우라가 이 생활을 떠나지 못하게 했다. 나 또한 동생들을 배려하는 마음과 조직의 보스다운 기질을 가지고 있었음을 이 세계에 들어와 보니 알게 되었다. 나를 따르는 동생들이 많아 자연스럽게 망나니 건달이 되어갔다.

건달에, 택시 차주가 되니 주변의 동료들은 꼬리를 낮추었고, 난 겸손함은 없어지고 점점 더 노름과 향락 그리고 해결사로 깊숙하게 울산의 똘마니가 되어갔다.

나는 하늘의 천복을 받은 사람이다

13.
도박꾼이 되어 택시를 날리다

나는 도박과 향락에 젖어들어 과거 구두닦이 소년과 아이스께끼 장사하던 그런 순박함은 없어지고, 자욱한 골방에서 줄담배를 피워 물고 노름과 도박꾼들의 대열에서 삶의 희열을 느끼며 인간의 존엄성이랑 찾아볼 수 없는 그런 도박꾼이 되었다. 난 어머니께서 그 애틋한 마음으로 사 주신 택시를 노름판에서 날리고 나서도 내 양심은 그대로 멈추어서 길거리에서 어머니를 마주쳐도 어머니를 피해가며 어머니를 외면하고 말았다. 한동안 난 이 생활의 스릴에 취해 노름판을 열어 고리를 뜯어 부엌에다 돈다발을 쌓아놓고 세월이 어떻게 가는지도 모르고, 효도 한 번도 하여보지 못하고 방탕한 생활을 이어가다 불현듯 내 고향 삼천포가 그리워서 고향으로 발길을 돌렸다.

14.
한복 바느질하는 여인의 자태에 첫눈에 반하다

한동안 내 생활이 이러니 고향과 어머니께 도 소식을 끊고 일체 연락을 하지 않고 생활하다 삼천포가 그리워 고향을 다니러 가는 중이었다.

친구의 택시를 타고 가다 한복을 만드는 여인의 바느질하는 모습이 어찌나 아름답던지…. 난 그 여인을 다시 만나고 싶었다. 친구의 도움으로 그 여인을 만나 결국에는 동거를 하며 사랑에 푹 빠졌지만, 지금까지 나의 암흑의 생활이 어느 것 하나에 집중하지 못하게 했다. 난 그냥 방랑의 생활을 하며 한 여인을 고독하고 불행하게 만들고 말았다.

왜 첫눈에 반한 여자를 소홀하였는지 지금에 생각해 보면

일단 그 당시 내 주변에는 여자들이 빈번하다 보니 어느 한 여자에 집중하지 못했고, 직업도 그렇다 보니 나 자신은 욕망은 앞서고 자신을 컨트롤 하는 그런 마음의 자세가 너무도 약했다. 한마디로 내 욕망이 올라오는 대로 즉흥적으로 살다 보니 살림을 해 나갈 자질이 부족하였다.

15.
아내의 정성으로 아이가 생기다

건달의 세계는 늘 미모의 여자가 등장하고, 그렇다 보니 집에 들어가는 날보다 안 들어가는 날이 더 많다. 게다가 생활비는 갖다 주지 않으면서 본인은 좋은 차에 용돈을 잘 쓰며 다니는 남편을 어떤 여인이 바르게 생각하며 그 남편에게 어떻게 희망을 기약할까?

첫눈에 반하여 반강제적으로 처가댁의 동의를 얻어 동거하였어도 이건 남편의 역할을 하지 않고 그러니 아이가 생기지 않는 게 당연한 일이었다.

하여 어머니께서는 자식이 생기면 아들이 건달세계에서 벗어나 반듯한 인간이 될 거라고 온갖 미풍양속을 행하여 결국에 6년 만에 아이가 생겼다. 그래도 내 마음은 변화가 없었고, 아이를 낳는 것조차 몰랐으니 참으로 한심한 놈이었다.

아내의 정성으로 6년 만에 아이가 생겼다

아이가 생기면 저 사람이 방황하지 않고 가정으로 돌아오지 않을까 혹 건달의 생활에서 벗어나지 않을까 아내는 그 어려움 속에서 오직 하나의 생각이었다. 게다가 우리 집안에 손이 귀한 집안이라 어머니께서는 용하다고 하는 점쟁이는 다 찾아가서 그 비방을 가져와서 행하고 나서 아이가 생겼다.

지금에 와서 생각하여 보면 그 어려움 속에서도 자기의 삶을 포기하고 아이를 훌륭하게 키워 낸 공은 정말로 감사하고 고맙다. 다시 한번 그 노고에 진심으로 머리를 숙이고 참회한다.

16.
연애박사가 되다

　　삼천포 고향에서 첫눈에 반한 여인을 아내로 삼았어도 건달세계에서 벗어나지 못하고, 여자들과의 스캔들도 좀처럼 끊지 못하였다. 내가 생각하여도 그때의 난 정말 일말의 양심도 없었고, 부끄러움과 남편의 자격도 없었고, 오직 도박과 향락에 젖어 그날그날 동생들과 함께 하루살이 삶을 살고 있었다.

　　내가 집에 들어가지 않는 것도 연애박사가 되어있었기 때문이며, 희망과 꿈도 없이 그 순간에 취해 내가 누구인지를 찾지 못하고 있었다. 울산에 올라올 때 그 당찬 포부와 기상, 내가 가정을 일으켜야 한다는 생각을 망각하게 된 것도 지금이 궁핍하지 않고 그런대로 자의 반 타의 반 이 생활이 그렇게 나쁘지 않았기 때문이다.

말 한마디면 뭐든지 일사천리로 이루어지고, 건달세계의 파워는 그 당시 그래도 좀 행세를 하던 시기라 어깨에 힘을 주고 다니곤 하였다. 그렇게 나는 한때 연애박사가 되어 날뛰던 시절을 참회하면서 고백한다.

17.
아내가 쥐약을 먹다

어느 날 그날도 술을 먹고 새벽 5시쯤 불현듯 집에 가보고 싶어 들렀더니 아내가 쥐약을 먹고 내가 오기를 기다리고 있었다.

그날따라 아내는 나를 보며 "우리 자자."라고 말을 하며 내 품으로 더 다가오는데 느낌이 이상하여 불을 켜고 보니 아내가 사용하는 재봉틀 위에 쥐약을 담은 약 봉지가 보여 "니 뭐 먹었나?"라고 물으니 아내는 대답이 없었다. 급하게 병원에 입원을 시켜 위를 세척하고 나서 조금 아내가 정신이 돌아왔을 때 난 이런 말을 아내에게 하였다. "니가 왜 나 같은 놈을 만나서 왜 쥐약을 먹느냐!"라고 아내에게 핀잔을 주었다.

정말 일말의 양심이 있다면 난 그런 말을 할 자격이 없으며, 난 위선자였다. 첫눈에 반하여 아내를 그토록 좋아했으면 사랑을 주고 잘 돌봐주어야 하는데 너무도 오래 건달세계와 도박판에 몸담다 보니 인간의 이성을 잃었고 또한 인간의 본능적인 삶을 살다 보니 내 마음은 한마디로 인간 이하의 오염이 되어있었음을 지금에야 고백한다.

18.
아내의 야반가출

한바탕 아내의 소동이 있었지만 우리 가정에는 변화가 없었다. 말로만 잘한다고 하고 행동으로는 옮기지 못하다 보니 아내는 편지를 써놓고 아이를 데리고 야반도주를 하였다.

"더 이상 찾지 마라. 당신이란 사람은 일말의 양심도 없다. 난 고향으로 내려간다."라는 편지를 남기고 그렇게 아내와 이별을 하고 마음속으로 이런 다짐을 했다. 내가 돈을 벌고 자리를 잡으면 아내와 아이를 만나러 간다고…. 그리고 나서 난 건달세계에서 잠시 발을 떼고 택시 운전을 하며 내 현실을 보려고 노력하였다. 술과 담배를 끊고 잃어버린 인간의 양심을 되찾으려고 열심히 일을 하기 시작하였다. 있을 때는 몰라도 이렇게 아이를 데리고 가버렸으니 내 마음도 울적하여 어디에 기대고 싶은 마음도 있었다. 가버린 사람을 원망하기보다 내가 좀 더 돈을 벌고 다른 환경을 찾아야 한다는, 지금까지의 생활을 벗어나야 한다는 생각을 하지 못하다가 아내의 야반도주는 지금의 삶을 돌아보는 하나의 계기가 되어주었다. 대다수의 이런 환경에 살아가는 사람들은 돈을 쉽게 벌고 땀을 흘리지 않기에 감정도 무디어지고 변화를 두려워한다. 그렇기에 좀처럼 벗어나지 못하는 것이다.

아이와 함께 가출한 아내는 오직 아이를 잘 키우는 것이 목적이었다. 고등학교까지 잘 키운 아이의 엄마는 더 큰 세상에서 성장하여 좀 더 훌륭한 사람이 되기를 바랐기에 그 후로 내가 그동안 못 준 사랑을 주면서 아이 역시 긍정적으로 잘 성장하여 평범한 가장으로 잘 살아가고 있다. 모두 다 고마울 따름이다.

19.
처남과 사촌들에게 정신을 잃도록 두들겨 맞다

다시 땀 흘려 열심히 일을 하고, 고향의 어머니를 생각하다 보니 서서히 잃어버렸던 인간의 양심을 되찾아 갔다. 평상시 어머니께서 밥상머리에서 하신 이야기들이 나의 심중에 머물렀는데, 그중에 짐승은 죽으면 가죽을 남기고 사람은 죽으면 이름 석 자를 남긴다고 하면서 내가 살아온 삶을 책을 쓰면 방 안 가득할 것이라며 너도 이름을 남기는 사람이 되라고 하신 말씀이 일상의 의욕과 희망을 찾게 하고 나를 다시 근면 성실하게 일하는 모습으로 돌려놓았다.

내 마음이 좀 차분하여지고, 운전하면서 집으로 돌아오면 지금까지 생각나지 않았던 아내와 아이가 생각나고 그 생각으로 밤잠도 설쳤다. 어떡하든 내가 돈을 벌어 아내를 찾으러 가야 한다는 생각이 너무도 간절하여 무작정 처가댁으로 찾아가서 죽을죄를 지었으니 한 번만 기회를 달라고 하니 처남과 사촌들은 몽둥이로 나를 두들겨 팼다. 난 지은 죄가 있어 어느 것 하나도 저항하지 않고 내 죄를 참회하는 마음으로 그냥 맞았다.

한참을 두들겨 맞고 정신을 잃으니 처남과 사촌들은 더 이상 구타를 하지 않고 내가 깨어나기를 기다렸다. 난 정신이 돌아오자마자 무릎을 꿇고 다시 한번 기회를 달라고 하니 처남께서 각서를 쓰면 마누라 있는 곳을 알려준다고 하여 각서를 쓰고 아내가 기거하는 절로 찾아가니 마침 아내는 석탑을 돌며 기도를 하고 있었다.

내가 정신이 돌아오니 석탑을 돌고 있는 아내의 모습이 선녀와 같았으며, 나는 마음속으로 약속을 하였다. 저 여인을 이제는 내가 잘 돌봐주는 사람이 되어야 한다는 약속을 나 자신에게 하고 아내와 재결합을 하였다.

20.
처가댁에서 장사 밑천을 후원받다

　　　　　　처가댁은 잘살아서 그 당시 장사 밑천을 후원받았다. 당신의 딸이 하도 안쓰럽게 살아가니 아마도 큰 마음을 먹고, 아이도 생겼으니 잘 살아주기를 바라는 마음에서 주신 것 같다.

　다시 오랜만에 가정을 꾸리고 부산에 '왕돌 상회'라는 큰 가계를 오픈 하고 본격적으로 밀감 사업에 투자를 하게 되었다. 제주도 밀감밭 이만 평을 계약하고 현장소장도 임명하였다. 기대와 설렘으로 다시 만난 아내와 아들의 재회의 기쁨도 잠시였다. 그해 제주도 밀감이 폭락이 되어 작업비도 나오지 않았는데 제주도 밀감밭의 현장소장에게도 월 작업비로 150만 원을 송금하니 그것을 가지고 도망을 가 사기를 맞았다. 오랜만에 재기의 희망은 이렇게 사업운도 따르지 않았고, 사람도 사기를 치고 도망을 가니 실망이 너무도 컸다.

도와준 처가댁 식구들을 생각하니 송구스럽고, 이러지도 저러지도 못하고 결국에는 밀감 사업을 접고 다시 방황하기 시작하였다.

지금 다시 사유하여 보면

사람이 가지고 있는 탁한 기운이 존재하는 한 사업운이 따르지 않는다. 돈만 가지고는 부족하고 전체를 바라보는 안목도 필요하고, 그 돈을 당장 사업에 투자하지 말고 그 동안 못 이룬 가정의 평화와 화목을 이루는 데 써야 한다. 그리고 사랑이 깊어지면 사람의 운도 함께하지만, 내가 지니고 있는 심덕이 불안정하니 그런 어리석은 판단을 한 것 같다.

그러하니 여러분들도 내 마음이 평화로워지지 않으면 사업도 그렇게 성공의 운이 따르지 않는다는 것을 참고하길 바란다.

21.
건달세계에 다시 발을 들여놓다

밀감 사업의 실패로 난 가정을 어떻게 꾸려야 할지, 그렇다고 다시 무엇을 하여야 한다는 생각도 없이 다시 택시 운전을 하며 하루하루를 의미 없이 생활하였다. 그런 생활 속에서 은연중에 과거 동생들에게 대우받고 해결사로 생활하였던 건달세계에 다시 기웃거리기를 시작했다. 동생들이 따르기를 시작하자 난 다시 건달세계에 도박꾼들을 모아 판을 벌이는 일에 희열을 느끼고 있었다. 그만큼 도박중독은 좀처럼 헤어나지 못하는 게 보통 사람들의 공통점이다. 나 역시 건달세계에서 놀다가 택시 운전은 좀처럼 성이 차지 않았으며, 내 스스로에 대한 욕망과 욕구를 도박의 희열에서 찾다 보니 다시 나의 뇌는 이성적 생각을 마비시키는 생활을 하게 되었다.

사람은 살아가는 환경이 무엇보다 중요하다. 나 역시 젊어서 그런 환경을 접하다 보니 작은 것에 만족도가 떨어지고 큰 것을 바라는 마음이 컸다. 그런데 그 큰 것은 사실은 품위 유지비로 다 나가기에 진작 내 것이 없는 것이었기에 딱히 건달세계에서 나의 것으로 만들어 놓지를 못하였다. 내가 잘하는 것은 사람을 보듬다 보니 동생들이 잘 따르고, 내 것을 챙기지 않으니 동생들은 좋아하나 궁극에는 내 주머니는 비었다. 훗날 내게 하늘의 복을 받을 인연이 온 것도 어쩌면 내 것을 챙기지 않고 사람들을 조율하는 그런 공부를 하게 한 것으로 나는 건달세계를 정리한다.

내 고향 삼천포 모정마을 입구 간판석 앞에서

나는 하늘의 천복을 받은 사람이다

운흥사 가는 길, 벚꽃나무 아래에서

제2장

어머니의 애틋한 삶

1.
어머니의 분노

　　어머니께서는 아들을 위하여 어떠한 일도 하여주시고, 마지막 당신의 보금자리마저 팔아서 아들의 성공을 위하여 택시를 사 주었는데 아들은 택시를 노름으로 날려 먹고 결혼을 하고도 건달세계에서 벗어나지 못하고 방탕한 생활을 하는 자식을 얼마나 원망하셨을까? 아버지 없는 호로자식 소리를 듣지 않기 위해 그토록 밥상머리 교육을 시키고, 몸소 부지런한 삶을 살아가는 모습을 보여주었는데도 아들은 40이 되어 가는데도 여전히 암흑세계에서 철이 들지도 않고 생활하는 모습에서 아마도 어머니는 '내가 내 자궁으로 너를 낳았다는 게 실수고 후회스럽다.' 하고 생각하셨던 것 같다.

　　이런 인간을 위하여 무릎이 닳도록 부처님께 공양을 올리고, 하루속히 사람이 되라는 그런 간절한 기도를 올린 것도 다 부질없는 행동을 하였다며 어머니의 분노는 계속되었다.

"너는 내 자식이 아니며 더 이상 내 앞에 나타나지도 말며 나를 더 이상 어머니라고도 부르지 말라! 내가 너를 낳을 때 깔아뭉개 죽이지 못한 것이 한이다."라고 말하는 어머니의 절규에도 나의 마음은 미동도 하지 않았다. 성공만 하면 어머니의 마음을 돌릴 수가 있다고 생각하며 서서히 건달세계의 무상함이 하나둘 찾아오기 시작하였다.

어머님의 이런 분노를 듣고 난 자식의 마음 또한 좋지 않았다. 불효자임을 알고 나니 알 수 없는 눈물이 앞을 가렸다.

2.
어머님의 가정교육

어머니께서는 집에 손님이 오면 줄 것이 없어도 절대 빈손으로 돌려보내지 말고 냉수 한 사발이라도 건네는 사람이 되라고 하셨다.

그리고 먹고살기 힘들어도 늘 사람들의 밥을 사 주는 사람이 되라고 하셨다. 남에게 밥을 산 공덕은 네가 받지 못하면 자식에 이르기까지 간다고 하셨고, 밥을 사 주는 기쁨이 얼마나 좋냐고 하였다.

하여 지금 이것을 실천하는 기쁨을 누리며 어머니께서 선견지명이 있는 분이라는 것을 뒤늦게 알았다.

어머니의 가정교육 핵심은 자비심이었습니다.

3.
홀어머니의 행상

젊어서 일찍 아버지가 돌아가시고 자식들을 키워내는 어머니의 삶은 너무도 애달팠다. 바구니에 홍시 장사와 고등어를 철마다 번갈아가시며 산동네에 다니시고, 저녁 늦게 오실 때면 형님과 나는 무서워서 마당가에서 어머니가 오시기를 기다리며 저만치 어머니가 보이면 달려가서 어머니 품에 안기고 하였던 기억이 새록새록 나곤 한다.

이렇게 벌어서 내 육성회비를 내주시고, 여인의 힘만으로 가정을 꾸려가는 것이 얼마나 고되고 때론 어린 자식들의 철부지에 한숨을 얼마나 쉬었을까도 상상하여 본다. 그래서 시장통에서 할머니들이 손수 농사를 지어 파는 모습을 볼 때면 나는 어머니를 생각하여 물건을 산다. 비록 내 어머니는 아니지만 모든 어머니를 나의 어머니로 받아들이니 처처에서 어머니의 행상의 모습을 만나고 있다.

4.
어머니 담뱃재 터는 한숨 소리에 일어나다

늘 먼동이 틀 때면 어머니께서는 먼저 일어
나 긴 담뱃대에 담배를 피우시고 재를 털곤 하였다. 거기에
다 삶의 고단함도 얼마나 많으셨던지 한숨 소리에 깨어 일어
나 먼동을 보면서 제일 먼저 화장실에 소변을 보러 가는 것
이 나의 일상이었다.

어머니의 담뱃재 터는 한숨 소리는 어린 나이에도 그다지
반가운 소리가 아님을 난 알았기에 아침밥을 먹고 나면 일
찍 학교에 가곤 하였다. 어릴 적부터 보아온 가정환경에서
얻은 성공해야 한다는 강박관념이 때론 내가 철이 늦게 들
게 한 심리적인 영향도 있었음을 알고 있다. 너무 어린 나이
에 어머니에게 들은 "네가 이 가정을 일으켜야 할 재복이 있
다"는 말이 때론 나를 더 게으르게 한 심리적 요소도 있었
음을 뒤늦게 깨달았다.

5.
어머님의 향수 음식

어릴 적 나의 모습은 먹지를 못하여 배가 볼록하게 나왔고, 친구들과 찔레순과 송화 가루, 칡을 캐 먹으며 허기를 달랬다. 그래도 지금까지 그래도 건강한 것은 나의 고기 잡는 실력 덕에 장어와 붕어찜 그리고 미꾸라지탕을 마음껏 먹을 수가 있었기 때문이다.

대나무에 고추장을 발라 화롯불에 장어를 구워주던 어머니의 향수 음식과 겨울에 아이스께끼가 먹고 싶다고 뒹굴면 어머니께서는 팥을 삶고 대나무를 꽂아 사카린을 넣어 즉석에서 아이스께끼를 만들어 주셨다.

나의 고기 잡는 실력이 좋아 그래도 육식을 보충하였기에 오늘날 이렇게까지 건강을 유지하는 원초적인 힘이 아닌가 생각한다.

6.
어머님의 유언

어머니께서는 아버지와의 죽어서 동행을 하고 싶지 않다고 말씀을 하셨다. 아마도 내 생각으로 평소에 아버지는 어머니를 끔찍하게 여기셨다고 어머니께서 말씀을 하셨지만, 너무도 일찍 병으로 돌아가시고 나서 당신이 그 남편 없는 인생을 살다 보니 죽어서는 동행을 하고 싶지 않은 마음인 것 같다. 공감은 가지만 그래도 지게 지고 손수 '이 자리는 내 자리야.' 하고 아버지께서 찍은 자리에 합장을 드렸다.

또 하나의 어머니의 간절한 마지막 유언은 나에게 해당하는 말이다. "정말 사람이 되거라!" 하시는 말씀에는 내가 인간의 품격을 잃었기에 참신한 인간이 되기를 소망하는 마음이 담겨있다.

그러나 일차 사업에 성공하고 어머니께서는 끝내 '우리 아들 사람이 되었구나.' 하는 손뼉을 치고 돌아가셨지만, 난 너무도 어머니께 불효를 하여 어머니의 발자취를 이제야 찾게 되고, 평상시 어머니께서 하신 말씀이 얼마나 위대하고 큰 진리임을 뒤늦게 깨닫고 보니 어머니는 내 곁에 아니 계셨다.

아버지 산소 자리의 풍수

와룡산 줄기에 봉황이 알을 품는 전형적인 배산임수의 양지바른 곳이다. 몇 년 전에 장마폭우에 벼락이 쳐 거대한 암석이 밀려 내려와 주변의 산소들은 다 형체도 찾을 수가 없었는데, 유독 아버지의 산소는 멀쩡하였다. 암석이 밀려 내려오다 소나무 그루에 걸리면서 물꼬를 틀었기 때문이다 그래서 아버지는 생전에 지게를 지고 손수 이 자리는 내 자리란 그런 특별한 말씀으로 잡은 산소의 풍수는 나의 사업에도 늘 어려움이 전화위복이 되는 그런 선한 기운을 주셨다고 생각한다.

7.
청개구리 아들이 부모님께 올리는 뒤늦은 글

그리운 아버지, 어머니 불효자 명석입니다. 제가 세상의 이치를 깨치기도 전에 아버지는 가족 곁을 떠났습니다. 홀로 된 어머니를 모시고 고향에서 울산으로 올라간 지가 엊그제 같습니다.

그때 저는 어머니의 든든한 버팀목이 되고자 했지만, 오히려 당신의 마음을 숯덩이로 만들었습니다. 어머님의 공덕으로 제가 어둠의 세계에서 나와 세상 사람들이 성공이라고 말하는 영광을 얻었을 때 어머니는 곁에 없었습니다.

그 기쁨을 당신과 함께 나누지 못한 것이 못내 가슴 아픕니다. 아버지 어머니, 두 분께 따뜻한 햇볕이 되어드리지 못해 죄송합니다.

두 분께서는 부처님 곁에 편히 쉬고 계실 테지요. 저는 두 분이 쌓은 공덕으로 남은 삶을 편안하게 살게 되었습니다.
또한 제가 얻은 영광을 다른 사람들과 나누면서 살고 있습
니다. 그것이 두 분의 뜻을 기리는 일이라 믿습니다.

　부모님 평안히 영면하소서.

부모님 산소에서 가족 참배

제3장

칠전팔기의 삶

1.
징역을 다녀오고 일수놀이 사업을 시작하다

건달세계에서 결코 피할 수 없는 징역살이가 내게도 현실이 되었다. 그래도 살인과 절도가 없기에 난 그래도 징역 다녀온 것을 떳떳하게 말하곤 한다. 웬만한 사람들은 징역살이를 다녀오면 두 번 다시 들어가지 않으려고 바른 삶을 살지만, 건달세계에서 서성이는 사람들은 의리로 대신하여 징역을 갈 때도 있다.

다행히 좋은 판사님을 만나 형이 단축되어 짧은 시간의 징역살이를 하고 출소를 앞두고 난 다시 어디로 돌아가야 할지 머뭇거림도 없이 동생들이 반겨주는 하우스로 돌아가서 또다시 노름판을 붙이고 고리를 뜯는 건달세계의 습성에 또 취해가고 있었다.

그러던 중 친구의 아버님이 나를 호출하여 "너라면 일수로 성공을 할 수 있다."라고 격려를 해주셨다. 난생처음 친구와 동업으로 본격적인 일수놀이를 시작하면서 서서히 건달세계에서 빠져나오는 나를 발견할 수가 있었다.

이렇게 주도적으로 하는 일을 맡고 보니 그동안 건달세계는 너무도 초라하고 또한 무상하고 허무함이 스스로 내 마음속에서 우러나왔다. 나는 건달세계에 있는 동생들을 멀리하며 내 사업에 희망을 걸고 정말 열심히 땀 흘리고 발로 뛰는, 어머니께서 바랐던 그런 아들의 모습으로 변해가고 있는 나를 만나면서 희망의 인생 설계를 시작하게 되었다.

2.
두 번째 아내를 만나다

　　　　　일수를 놓고 이자를 받으러 그날도 가벼운
마음으로 어떤 집 앞에 섰는데 내 앞에 선 여인의 순박함에
끌려 그동안 잊고 살았던 연민의 정을 느끼게 하였다. 삼천
포로 아이를 데리고 야반도주를 한 첫 번째 부인에겐 미운
정도, 그렇다고 고운 정도 없고 다 나의 어리석음으로 인하
여 한 여인의 인생을 망치게 하였다는 죄책감이 있었기에 여
자를 만나도 그런 이성적인 감정은 사라진 지 오래되었다고
생각은 하였지만, 오늘 이 여인을 만나면서 내가 어머니께
받았던 그런 막연한 모정이랄까 하는 감성을 느끼면서 자주
만나면서 가깝게 지냈다. 결국 결혼을 하여 자식을 낳고, 오
늘날 내가 소위 사업에 성공을 할 수 있는 내조의 역할을 하
였기에 내가 이런 말을 할 수 있는 소중한 사람이다.

물론 첫 번째 부인 역시 헌신으로 자식을 키워 아들을 훌륭하게 만들었고, 지금의 아내 역시 내가 사업에 성공할 수 있도록 내조자가 되어주었다. 모두 다 공동체의 삶에서 다 필요하고 저마다의 역할을 다한 사람들이기에 오직 감사를 드릴뿐이다.

내가 방황을 할 때 그래도 평범한 한 인간으로 돌아가게 하는 사람이었으며, 아마도 그때 그 인연이 없었다면 아직도 여전히 건달세계에서 이빨 빠진 호랑이로, 그렇게 뒷방의 늙은이로 살아갔을 것이다.

모든 것은 다 과정이다.

결과도 중요하지만, 과정이 아름다우면 결과 역시 좋다. 하지만 우리네 주변에서는 과정보다 결과를 중요시하는 사람들도 있다. 그런데 내 인생을 돌아보면 난 과정을 다 리얼하게 경험하다 보니 어떤 결정적인 순간에 그것들이 다 힘이 되고 새로운 방법을 궁리하는 아이디어가 되었으며, 막힌 것을 뚫게 하는 위대한 힘을 과정에서 끄집어 낼 수가 있었다.

결론적으로 말하여 보면 사람은 거품이 걷히고 나서 서로 인연이 되면 상생하는 기운을 주고받지만, 아직 훌훌 털어내어야 할 사람은 무엇인가를 열심히 하고 인연을 만들어 주어도 그것이 참 인연으로 승화되지 못함을 삶에서 배웠다. 그러하니 지금 현실에 오직 충실하는 게 내일을 희망으로 만드는 열쇠임을 나누고 싶다.

3.
몇억의 공증과 차용증을 가위로 자르다

　　　　　난 천성적으로 악랄하지 못하고, 상대의 불쌍한 모습을 보고 나의 이익을 추구하는 성격이 아니다. 건달세계에서는 이 사실을 알지 못하였지만, 일수를 하면서 사람들의 어려움과 돈에 대한 경각심을 다시 배우면서 어려운 사람의 사정을 듣다 보면 진작에 받아야 할 돈을 달라고 말을 하지 못했다. 이렇게 나는 뒤늦게 나 자신의 모순을 알게 되었다.

　그러하니 좀 악랄하고 괴팍하고 약삭빨라야 하는데 난 어머니의 자비심을 그래도 가슴에 새기고 있어서 이 일수 사업 딜레마에 빠지고 말았다.

　그러던 중 IMF가 터지고 나라가 부도가 나고 사람들은 실직으로 난리가 나고, 하루에도 자살자가 늘어나는 뉴스를 보면서 더 이상 이것을 유지한다는 게 어렵다는 판단을 하고 난 남들이 생각하지 못하는 결단을 내려야만 하였다.

하여 동생들과 형님, 누나들을 모이게 하여 "지금까지의 차용증과 공증을 없었던 것으로 한다. 그러하니 더 이상 나를 보면 도망가지도 말고 숨지도 말며, 떳떳하게 나를 찾아오고 너희들이 잘살기를 희망한다."라고 말한 후에 잘살면 진명석이를 한 번 찾아달라고 말하고 가위로 공증과 차용증을 가위로 자르기 시작하였다.

마누라는 난리가 났다. 아무 직장도 없고 아이는 태어났고, 이런 상황에 이자도 받지 않고 어떻게 살아가냐고 대성통곡을 해도 난 이 세계에서 벗어나 더 이상 내 마음을 더럽히고 싶지 않고, 더 이상 사람들과 언쟁하면서 살고 싶지가 않았다.

아마도 지금에 와서 생각을 하여보면 하늘의 복을 받을 기회를 준 것 같다. 이렇게 위대한 포기를 하고 내 마음과 삶을 다시 깨끗한 삶으로 만들어야 한다는 생각이 돌아왔기에 일체의 망설임도 없이 행하고 나니 시원섭섭했다. 당장 나라는 부도가 나서 어려운데 어떻게 먹고살 것인가 하는 걱정에 집 안에서 나오지 않으며 며칠을 하루에 담배 두 갑 반을 피우면서 생각을 하였다.

'아차, 아이는 태어났는데 내가 이제 직업이 없구나.' 하는 생각이 강렬하여 직업을 구해야 한다는 생각이 서자마자 친구의 형님을 만나러 한걸음에 달려갔다.

4.
하늘에 대한 나의 절규

무엇인가 하려고 애는 써도 나의 행동이 어머니의 마음을 아프게 하였다는 생각들이 나날이 찾아오고, 여섯 식구의 식솔들이 나를 바라보고 있다는 생각이 들 때면 난 잠을 이루지 못했다. 예전의 삶에서 벗어나 새로운 환경과 직업을 구해야 한다는 생각이 나를 무작정 거리를 배회하게 만들었다.

나라는 부도가 나서 온통 난리통인데 건달세계와 일수놀이를 청산하고 새로운 직업을 구해야 한다는 책임감이 나를 더 의기소침하게 만들었다. 하여 난 이런 못난 생각을 하늘에 대고 외쳤다. '내 팔과 심장을 줄 테니 돈 1억만 줘라. 그것으로 여섯 식구가 먹고사는 데 도움이 된다면 기꺼이 내 팔과 심장을 줄 수 있다'고 하늘에 대해 절규하듯이 외쳤다. 참 아이러니한 생각으로 들릴지는 몰라도 가족을 위하여 내 몸을 희생할 수 있다는 그런 인간의 마음을 가졌다는 게 그래도 다행이라고 생각한다.

멀쩡한 신체를 가지고도 때론 스스로 길을 찾지 못할 때는 이런 의기소침한 생각을 할 수가 있다고 생각을 하지만 여전히 앞으로 어떻게 살 것인가, 그리고 직업을 어떻게 구하며 가족을 부양할 것인가는 연일 줄담배 속에서도 길을 찾지 못하고 있었다. 그래도 마누라는 아무런 바가지도 긁지 않고 담배를 물면 담뱃불을 붙여주는 그 순수한 모습에서 나가서 무슨 일이든 일을 찾아서 저 여자와 아이를 행복하게 하여야 한다는 긍정적인 생각으로 정리가 되었다.

5.
막둥이의 천진난만한 미소를 보며 정신이 번쩍 들다

건달세계와 일수놀이를 정리하고 어떻게 살아야 하는지 줄담배만 피우다 그동안 잊힌 인간의 감성을 회복하면서 나란 존재와 부모님과 가족의 소중함을 느끼게 되었다. 지금까지 건달세계에서 인간의 정과 연민의 감정은 닫혀있어 상대를 보고 감동하거나 함께 아파하고 슬퍼할 줄을 몰랐던 내가 아내와 아이가 침대에서 쌕쌕 자고 있는 모습을 보는 순간 가슴에 전율을 확 느꼈다.

한동안 무뎌진 인간의 사랑의 감정이 강하게 나오면서 그만 문을 열고 거리를 걸어야만 하는 심한 충동을 느끼면서 '아차, 내가 직업이 없구나.' 하는 생각으로 모아졌다. 못대가리 하나 망치로 박을 줄 모르는 내가 어떤 직업을 구할 수 있을까를 고민하다가 친구의 형님을 찾아가서 그동안 인생의 상담을 받았다. 형님께서는 "니 머 울산에서 잘나간다 하더니 왜 나한테 상담을 받으러 왔나?" 하기에 "형님, 저 다시 인생을 시작하려고 합니다. 과거는 청산하고, 새로운 인생을 살려고 하니 형님 한 번만 도와주소."라고 하니 나의 성격과 성품을 아는 형님은 부동산보다 법원 경매를 배우라고 하면서 너의 적성에 딱 맞을 것이라는 희망의 메시지를 주셨다.

답답한 내 가슴에 희망을 안고 집으로 한걸음에 달려와서 아내에게 이 말을 하니 얼마나 기뻐하는지 둘은 서로 부둥켜안고 새로운 희망을 가지면서 무슨 일이든지 열심히 하겠다는 약속을 스스로 다지면서 모처럼 불면증에서 해소되는 밤을 맞이하니 알 수 없는 감사가 찾아왔다.

그렇다. 인간이면서 인간의 감정을 느끼지 못할 때는 짐승과 같다. 거칠고 무디어진 내 영혼에 천진의 미소를 보는 순간, 내 가슴속에 잠자던 사랑과 자비의 감정들이 나오면서 상대를 이해하는, 그리고 상대를 내가 보듬어주어야 한다는 강한 책임감으로 변한 것은 전적으로 천진난만한 미소인 사랑임을 깨달았다.

6.
지인의 도움으로 부동산과 법원 경매를 배우다

아이가 매일매일 우유를 먹으니 우유값을 걱정하여야 하고, 당장 끼니를 걱정하여야 하는 절박함에 부동산과 법원 경매를 배웠지만 그렇게 수월하지가 않아 아내는 식당에 나가 일하는 게 더 낫다고 성화를 부렸다. 나도 내 이름으로 경매를 보지 못하다 보니 돈 버는 방법은 보이지만 내가 너무 초라한 인생을 살았기에 선뜻 누구에게 권할 수 없는 신세임을 숙지하고 난 여기서 어떻게 성공할 수 있을지 주변을 탐색하고 길을 찾기 시작하였다.

그동안 건달세계에서 사람을 다루는 방법을 알기에 굳이 내 이름으로 경매를 보지 않아도 되기에 평소 가까웠던 포장마차 누나의 이름으로 경매를 보면서 하나하나 눈이 떠지기 시작하였다. 본래 어려서부터 아이스께끼와 구두를 닦다 보니 주변의 흐름을 파악하는 실력은 남달라서 법원 경매에서 장점과 약점, 그리고 지금이 기회임을 알면서 공부를 열심히 하고 또한 발품도 엄청 파니 돈의 흐름이 보이기 시작하였다.

7.
난생처음 경매로 돈을 벌다

일수를 정리하고 종잣돈 천만 원이 있었다. 이것으로 경비를 쓰면서 물건과 위치 선호도 주변을 탐색하고 처음으로 경매에 참여했다.

법원 경매에 눈을 뜨고 나서 평소에 알고 지내던 포장마차 누님을 찾아가서 자초지종을 설명하니 누나는 그동안 나의 일수 고객이어서 신의가 서로 있어 한 번에 쿨하게 승낙을 하여서 누나의 돈과 이름으로 경매를 보아 당첨이 되었다. 주변 정리는 내 몫으로 하기로 하고, 누나도 쾌히 승낙하여 처음으로 사천만 원을 번 것이다. 나는 돈 한 푼 없이 나의 능력으로 이렇게 사천만 원을 벌고 나니 법원 경매에 자신감이 생기고, 고객들이 하나둘 소문에 소문을 듣고 거금의 돈을 맡기면서 사람의 인생이 이렇게 바뀌는 순간을 마주했다. 참 "인생만사 새옹지마"라는 말이 절실하게 나와 맞음을 경험하게 되었다.

8.
건물과 땅에 눈이 떠지다

바람이 지나간 자리는 때론 흔적이 남지만, 건달세계에서 몸담았던 수많은 경험이 오늘의 내게 자신감과 하면 된다는 믿음을 주었고, 이것은 사람들 앞에서 여실하게 드러났다. 다수의 사람 앞에서 카리스마 있는 언변으로 사람들은 알 수 없는 힘의 에너지로 나에게 투자를 하여 왔고, 나 역시 나에게 맡긴 투자자에게 손실이 가지 않게 하기 위하여 백방으로 뛰면서 좋은 자리와 저렴한 건물과 땅을 찾다 보니 돈이 만들어지는 작은 여백의 공간들이 하나둘 보이기 시작하였다.

어느 것도 버릴 것이 없음을 그저 감사하게 생각하며 열심히 발로 뛰고 물건을 보다 보니 동서남북이 보이고 집의 안택과 좌향까지도, 그리고 좀 더 돈이 될 길지의 땅도 눈에 들어오기 시작하였다. 깜깜이 눈인 줄 알았는데 부동산과 경매가 나의 적성에 딱 맞았고, 사람들을 솔선수범하여 끌고 가는 것은 나의 타고난 소질이 있기에 하나둘 경매를 보고 또 수익이 나면서 한 달에 경매를 보는 일이 증가하면서 그동안 거칠게 살아온 삶이 차분하여지니 상대가 보이고 건물의 입지가 보이면서 내 안목의 시야는 오차가 없이 선명하여졌다.

집을 나가야 할 사람도 형님, 동생이 되어 상대를 이해와 설득으로 그들이 실망하지 않게 내가 좀 더 손해를 보더라도 이사를 나가는 사람들에게 박하게 하지 않다 보니 소문이 나서 여기에서도 해결사로 자리를 잡으면서 내 입지는 자연스럽게 커지고 좀 더 큰손들이 나에게로 스스로 다가와서 거침없이 서로 상생하는 마음으로 사업을 하다 보니 나라는 부도가 났지만 나에는 기회였다. 다시 한번 내게 온 삶의 기회임을 아내와 나는 알게 되었다.

좀 더 나누려고 하는 마음으로 부동산 경매를 하다 보니 가만히 있어도 절로 소문이 나서 나의 입지는 좀 더 커져 갔으며, 돈은 그렇게 술술 들어오길 시작하였다.

9.
IMF 때 한 달에 1억씩 벌다

법원 경매에서 난 수익으로 처음으로 내 땅을 장만하여 3층으로 집을 지어 분양을 할 때 한 지인이 이런 말을 내게 하였다. "진 사장은 집 장사를 하면 잘할 거야." 라고. 그 말이 그렇게 싫지가 않은 것은 막상 내 집을 지으면서 경험과 상가를 짓자마자 바로 분양이 들어오는 것을 보고 사업의 힌트를 얻고, 목 좋은 땅을 저렴하게 경매를 받고 상가를 지어 분양하니 돈이 벌리기 시작하였다.

법원 경매와 건축업이 하나의 세트가 되어 위기의 시대를 나는 기회의 시간으로 바꾸고 나니 방구석에 오만 원짜리 돈다발이 쌓이기 시작하면서 한 달에 1억 정도의 현금이 들어와서 마치 탑을 쌓은 것처럼 돈이 쌓이는 것을 보면서 돈다발에 내가 뒹굴어 보기도 하였다.

10.
백 원짜리 동전을 됫박으로 세다

　　　　　　　　법원 경매를 보고 소개비 받는 방식이 난 좀 색달랐다. 보통 한 건에 6*4로 나누다 보니 다른 사람들은 이해하지 못하였다. 난 비록 배운 것은 없지만 사람들을 당기는 힘이 있었기에 나에게 투자를 하면 절대 손해를 보지 않는다는 소문과 현실이 그러하니 많은 투자자가 스스로 몰려들었다. 그렇다 보니 내 입지는 자연스럽게 커졌고, 나에게 베팅을 하는 사람들이 늘어나다 보니 당연히 나도 돈을 벌게 되었다. 한번은 전자오락실 하는 후배가 돈이 필요하여 돈을 빌려주었더니 그만 부도가 나서 동전밖에 줄 수가 없기에 난 동생들을 시켜 됫박으로 백 원짜리를 부대에 담아서 동생들 인건비도 백 원짜리로 준 적도 있을 정도다. 그만큼 IMF 때는 모두가 어렵다 보니 백 원짜리를 됫박으로 세어본 경험은 잊히지가 않는다.

11.
검은 고무신이 흰 고무신이 되려고 발버둥을 쳤다

내가 사십 전까지 살아온 삶은 깡패요, 건달이 전부다. 남에게 내 이력서를 번듯하게 내밀 수 없는 부끄러운 인생을 살아서 법원 경매를 하면서도 처음엔 아무리 좋은 정보를 가지고도 고객에게 나설 수 없는 까마귀임을 내 자신이 알기에 이제 와서 생각하여 보면 난 정말 엄청 공부하고 노력을 하였다.

'저 깡패 자식, 지가 머 안다고 경매를 소개해? 사기나 치려고 하는 거지.'라는 자격지심이 사람들 앞에 나서지 못했다. 때론 집사람을 앞에다 내세울라치면 사람들이 신용하는 시간이 필요함을 냉철하게 알았기에 방법은 좋은 정보와 서로 상생하는 길을 모색하고 한 고객을 내 사람으로 만드는 일부터 시작하였다. 처음부터 욕심을 내지 않고 충분히 공부하고 이 좋은 정보를 공유할 사람을 찾았고, 그 첫 번째가 나를 신임하는 포장마차 하는 누님이었다. 이 누나로 하여 금 생활비며 아이의 우유값을 벌고, 난 나대로 사람들의 어려움을 해결하여 주고 조금씩 주는 용돈으로 겨우 생활비 에 보태면서 어떻게 하면 검은 고무신에서 흰 고무신이 되는 길인가를 생각하며 오직 공부하면서 조금씩 법원 경매의 노하우를 터득했다. 틈새시장을 공략하면서 긴 터널의 끝에 서 희망의 불씨를 결국엔 노력과 성실함으로 살려내고 말았 다. '저 진 사장한테 일을 맡기면 수익이 난다더라.' 하는 소문이 만들어지기까지 난 간절하게 노력하였다. 아내와 함께 하였기에 이 길에 집중할 수 있었으며 또한 아내 역시 함께 흰 고무신이 되려고 노력하다 보니 기회는 하나하나 현실로 다가오고 있었다.

12.
때가 되니 돈이 파도처럼 밀려왔다

이렇게 사업에 성공하는 기초가 내게는 IMF였다. 일단 국가가 총체적으로 부도가 나다 보니 부동산은 떨어지고, 당시 현금을 가지고 있으면 아주 저렴하게 부동산과 땅을 살 수가 있어서 법원 경매와 건축을 하여 상가를 분양함은 돈을 버는 지름길이었다. 하나하나 입지가 서서 수확이 되는 시기가 되고 보니 만 원짜리는 아예 거들떠보지도 않고 오만 원짜리만 돈다.

돈이 금고와 방구석에 차곡차곡 쌓여가는 것을 지켜보면서 원 없이 돈을 만져보고 또한 써보고 그렇게 때가 되니 돈이 파도처럼 밀려왔다. 월세방을 전전하다 내 집을 짓고 상가를 분양하고 입주자들이 나를 볼 때면 사장님이라고 깍듯이 대하는 모습을 보면서 나도 어느새 성공의 반열에 올랐다는 생각도 들었다. 처음으로 어머니를 집으로 모시니 어머니는 하룻밤을 주무시고 당신의 월세방으로 돌아가신다고 고함을 지르시기에 왜 그러시냐고 물으시니 아들에게 피해를 주지 않겠다는 말씀을 하셔서 어머니를 끝내 모시지 못했다. 좋은 집에 살아보니 때론 가난하게 살 때가 가족들이 더 화합하고 순박하고, 서로 나누어 먹었던 행복이 그리움은 괜한 망상일까?

13.
나의 부동산 경매 노하우를 소개하며

옛말에 "지피지기면 백전백승"이라는 말이 있다. 땅 역시 주변의 입지와 특성을 알지 못하고 그냥 무작정 사는 것은 옳지가 않다. 내가 땅을 사고자 하면 그 목적지의 주변을 잘 살피어야 실수가 없다. 혹시 정보가 부족하면 현지인의 도움을 받아 상세한 정보를 가지고 있어야 한다. 경매는 변수가 많은 것이라 딱히 무엇이라 말하는 것이 정의는 아니지만, 내가 사야 한다면 1등이 되어야 한다. 경매는 2등이 필요치 않아 미련만 가지게 되니 정말 내가 사야 한다면 1등이 되는 길을 택하는 게 좋다.

부동산은 절대 남의 말만 듣고 구매를 하시면 실수를 할 수 있다. 바쁘더라도 내가 현장을 봐야 하고, 잠재적인 능력이 있는지가 중요하다.

14.
돈을 벌고 나니 우울증이 찾아오다

        정말 가정은 뒤로하고 오직 난 앞만 보고 달렸다. 그 와중에 다행히도 자식들은 스스로 자기의 길을 개척하여 대학을 장학금으로 졸업하는 모범생이 되어있었고, 순박한 아내는 돈의 능력을 체험하였기에 나보다 더 구두쇠의 삶을 살았다. 어느 날 이 큰 상가가 내 소유라는 것이 믿어지지가 않아 달빛이 훤한 날 담배를 피우면서 한 집 두 집을 세어보면서 저것이 다 내 이름으로 소유하고 있다하니 남들은 기분이 좋을지는 몰라도 나는 알 수 없는 공허함이 밀려 왔다. 물론 이면에는 효도 한 번 제대로 하지 못했으나 사람이 되라고 늘 일편단심으로 기도하신 어머니가 떠오르고, 똥장군을 지러 가는 날을 하얀 달력 위에 동그라미로 표시하면서 돈 벌러 가는 날을 학수고대하던 장애자 형님이 생각나고, 나의 초등학교 생활비를 벌러 16살에 부산으로 식모살이를 떠난 부모님 같은 누나가 내 가슴에 아른 거렸다.

　오직 초등학교부터 내가 가정을 일으켜야 할 재복을 타고 났다고 믿고 어머니는 당신의 전 재산을 팔아 나의 사업을 하게 택시를 사 주신 그런 일들이 생각났다. 지금 나는 그래도 어느 정도 밥술이나 먹고 좋은 집에 건물주로 사장님 소리를 들으면서 정신없이 살아오다 보니 한 분 두 분이 이미 내 곁에서 두 번 다시 볼 수 없는 곳으로 이미 가셨기에 그 허무감은 크게 다가왔다. 돈이면 다라고 돈을 벌어야 한다는 생각으로 한평생을 살아온 나의 영혼과 육신은 조금씩 노쇠하여 가고, 자식들은 커가서 다시 아버지의 삶을 지켜보고 있기에 나의 행과 말에 이제는 책임이 따라야 하기에 다 지나가는 과정이라 믿는다.

15.
내가 건달세계와 도박에서 벗어날 수 있었던 이유는?

난 너무 이른 나이에 돈을 벌어야 한다는 책임감을 훈습하였고 또한 가정을 일으켜야 한다는 압박감도 내 심리적인 요서에 한 부분을 차지하고 있었다.

그렇다 보니 난 바른 궤도에서 좀 벗어나고픈 인간의 욕망이 내재하고 있었지만 그것을 표출하지 못하다가 나를 따르는 동생들의 호의에 내 눈과 귀는 봉사가 되어 향락적인 삶에 만족을 취하고 있었다. 그렇게도 어머니께서 절에 가서 부처님께 기도를 올리어도 내 마음은 변동이 없었고, 오히려 난 더 어머니를 찾아오지도 않고 내 젊은 시절과 삼십 대 후반까지 그렇게 건달이란 이름으로 불리는 삶을 살았다.

그런데 나에게 희망과 용기를 주며 일수놀이 사업을 하면서 지난 삶의 회의가 있었지만, 전적으로 내 마음을 바꾸어

놓은 것은 막둥이의 천진난만한 미소였다. 한동안 인간의 본능적인 삶으로 살아오다 보니 내 영혼과 가슴은 무디어질 때로 무디어져서 상대의 아픔에 공감하는 능력이 상실한 지 오래되어 초등학교 때 품었던 그런 선한 영향력은 잠자고 있었던 것이다. 그런 내게 감정과 선한 마음, 인간에 대한 연민의 마음이 생겼는데, 이는 전적으로 막둥이의 천진난만한 미소를 보면서 내 의식이 변화되어 상대의 아픔을 공감할 줄 아는 그런 인간으로 돌아올 수 있었다. 사람을 바꾸는 것은 순수한 사랑임을 아무리 강조하여도 틀리지 않음을 몸소 경험한 바를 나눈다.

16.
귀신은 속여도 내 눈은 속일 수 없다

어려서부터 구두닦이 소년으로 자라면서 상대를 바라보면 저 사람이 구두를 닦을 사람인지 아닌지 분별할 줄 아는 눈이 생기고, 다시 어둠의 세계에서 다양한 경험을 하다 보니 사람의 눈을 보면 그 사람의 심성이 그대로 보이는 것을 난 확신을 한다. 그렇기에 지금도 후배와 지인들의 인생 상담과 사업 상담을 할 때면 그 사람의 눈을 보면 답이 자연스럽게 나온다. 그만큼 눈은 사람의 마음의 창이기에 눈 속에 상대의 마음이 고스란히 담겨있다는 사실이다. 그래서 나는 종종 이런 말을 한다. 귀신을 속여도 내 눈은 속일 수 없다고 말이다. 그만큼 삶의 경험에서 직접 맞닥뜨려 보면 사람들의 공통점이 나오는 법이다. 눈이 맑으면 그 사람의 마음도 곱고, 눈을 좌우로 움직이는 사람은 심리가 불안정한 것이다. 내가 사업에 실패하지 않고 이렇게 성공할 수 있었던 것도 내 눈의 판단을 나는 존경하고 확신하기 때문이다. 그러하니 눈은 그 사람의 마음의 창임을 알면 실수하지 않는다.

눈을 바라보면 그 사람의 진심을 읽을 수 있다.

제4장

나는 하늘의 복을 받은 사람이다

1.
빌려준 돈이 인연 되어 주도적으로 문제를 마주하다

경주 시내를 들어오다 보면 말의 굽처럼 솟은, 일명 말굽 산이란 야산이 시내 중심에 서있다. 이곳은 경주로 진입하는 톨게이트와 근접하여 역대 많은 재벌들이 개발하려고 애를 썼지만, 문화재 고분지역이라 함부로 개발이 되지 않는, 한마디로 내 재산을 가지고도 어떻게 할 수 없는 특수한 곳이다.

그런데 아는 후배가 그곳을 개발한다고 하며 산 주인에게 승낙을 받았다고 하여 나는 약간의 돈을 빌려주게 되었다. 그렇게 본의 아니게 인연이 되었다.

그러나 시간이 흘러도 산 주인에게 다양한 핑계를 대고 돈을 뜯어가서 책임자를 만나도 경주시청의 마음을 돌릴 수 없는 것이기에 진척이 없자 나에게 돈을 빌려 간 후배들이 내가 이것을 맡아서 주도적으로 일을 하여보라는 청을 받고 산 주인과 미팅하였다. 서로의 의견을 가볍게 나누고 추후에 산 주인의 신임으로 난 이 문제를 풀어야 하는 숙명적인 순간을 마주하게 되었다.

2.
1,000억의 부자도 풀 수 없는 신의 한 수

땅 주인에게 허가를 내어주는 조건으로 절대 간섭하지 않기로 약속을 하였기에 난 어떻게 이 문제를 풀어야 하는가 하는 근본적인 문제를 들여다 보고, 반대로 그러면 도대체 허가가 나지 않는 조건은 무엇이기에 이 문제가 풀어지지 않는가 하는 다양한 각도에서 일단 사람들을 편안하게 만났다.

그곳에서 오랫동안 살아오신 할아버지들의 사료들을 청취하고 경주시청 도시과 담당자의 입장도 수렴하고 또한 시장님의 생각도 경청하면서 메모를 부지런히 하여 갔다. 문화재 감정위원님들과 교수님들도 만나서 될 수 있는 조건과 아니되는 원인을 분석하기 시작하면서 처음에는 방향을 찾지 못하였다.

이 키를 가지고 있는 경주시청 도시과를 수없이 찾아가서 원론적인 이야기는 접어두고 허가가 날 수 있는 조건들을 집중적으로 메모하여 그 문제들을 집에 와서도 골몰하면서 다양한 분야의 사람들을 만나 커피를 사 주면서 주변의 이야기를 건네고 조언을 듣는 시간을 수없이 가졌다. 위에서 설명하였듯이 무엇 때문에 왜 이 문제가 지금까지 풀리지 않는가의 핵심을 정리하여 도시과를 찾으면서 난 하나의 방법을 궁리할 수 있었다. 아마도 이 신의 한 수 생각을 갖게 한 것은 이미 지금까지 다양한 사람들이 접근한 방식으로 늘 원점으로 가기에 '모두가 이로우면 이 문제는 풀 수 있다'는 한 생각이 떠올랐다. 우리가 문제를 풀지 못하는 주된 이유는 상생의 이득이 없고, 어느 한쪽에만 이득이 가기에 문제를 풀지 못하는 것임을 사람들 속에서 난 힌트를 얻어가고 있었다.

그것이 나중에 이 문제를 풀어내는 신의 한 수가 되었으며, 그 신의 한 수로 하여 닫혔던 마음들이 서서히 한쪽으로 긍정적인 마음을 만들어 낼 수가 있었다.

3.
사람들을 어떻게 설득할 것인가?

어느 한 사람에게만 이득이 몰아간다면 그 문제는 도저히 풀리지가 않기에 경주시민 모두에게 이득이 돌아갈 수만 있다면 이 문제는 분명히 풀어진다는 것을 깨닫고, 다양한 사람들을 만나면서 결정적으로 하나의 해결 방법을 찾아냈다.

교수님들을 만나고 시민들을 만나고 주변의 농사짓는 어른들을 만나면서 이 문제를 어떻게 풀어야 하는지 난 거꾸로 물었다. 그 해결 방법을 그들에게 스스로 나오게 '만약에 당신이라면 어떻게 할 것인가?' 하는 질문을 늘 드렸다.

주변에서 오래 사신 분들은 이미 경험이 풍부하기에 이렇게 하면 사람들이 움직인다는 것을 조언하여 주셨다. 참 신기한 것은 나는 산 주인의 신임을 받았기에 산 주인의 입장보다 모두가 다 이로운 방향이 무엇인가에 초점을 맞추다 보니 점차 그들이 가지고 있는 노하우를 알려주셨다.

모두에게 이득이 돌아간다면 누구도 반기를 들 사람이 없다는 것을 확실하게 알았기에 만나는 사람들과 좀 더 희망과 발전적인 이야기를 나누니 다 흔쾌히 반드시 허가가 날 것이라는 말을 해주었다. 그렇게 민원 하나 없이 일은 점차적으로 진행이 되어가고 있었다. 시장님과 도시국장님에게 이런 안을 제시하니 상상도 못 한 일이라며 검토하여 볼 수 있다는 말들이 나오면서 만나는 사람들 속에서 그동안 풀리지 않았던 근본적인 문제에 나의 이득을 내려놓으니 일은 진행이 잘 되어가고 있었다.

4.
봉이 김선달보다 서너 수위의 지혜를 발휘하다

문제가 안 풀릴 때는 반드시 원인이 있다. 그 원인에서 다시 더 들어가서 허가를 내어주는 경주시민에게 이득이 돌아간다면 마땅히 담당 공무원들은 이 일에 동참할 수밖에 없다. 사람들을 만나면서 지금 땅의 역할을 하지 못하고 있기에 주변에 이득을 줄 수 있는 것이 화물터미널이었다. 시장님과 도시국장님에게 감정가로 이 땅을 사서 경주시민에게 이득이 되는 화물터미널을 만들자고 제안하니 나쁘지 않다는 결론을 받아내고, 난 더 힘주어서 땅을 경주시에서 가져가고 그 자리에 화물터미널 물류단지를 만들면 경주의 발전에 한몫할 거라고 말했다. 시민들은 지금까지 바라고 있었지만 내 땅이란 이득과 이기심만 생각하다 보니 그렇게 땅은 자기 역할을 하지 못하고 그냥 방치하듯 지금까지 온 것이다. 땅 주인은 땅이 팔려서 좋고, 경주시는 저렴하게 땅을 구입할 수 있어서 좋다. 이곳에 화물터미널 물류 단지를 만든다면 경주 시민들에게 모두에게 이득이 돌아갈 수 있는 반가운 일인 것이다.

그렇게 지금까지 수많은 사람이 말굽 산에 허가를 내려고 시도는 하였지만 멈추었던 것을 나는 여러 사람의 도움으로 그 일을 해낸 장본인이 되었기에 하늘의 복을 받아서 해낸 사람으로 기억될 것이다. 이 모든 것이 다 여러분들의 도움으로 아이디어를 얻었기에 해낼 수 있었다. 이 자리를 빌려 관계자 여러분과 경주시민들, 그 외 모든 분께 진심으로 감사를 올린다. 그렇게 도움을 주신 분들을 위해 앞으로 열심히 회향해야겠다.

5.
땅 주인의 신임을 얻다

  말굽 산의 인연으로 만난 산 주인은 다방면
으로 나를 알아보고 '당신이라면 충분히 이 산의 허가를 낼
수 있을 것'이라는 신임을 얻었다. 난 그 약속을 지키기 위하
여 밤잠을 자지 않고 오로지 이 문제를 어떻게 풀어야 하는
가만 골몰하였다.

  그중에서 내가 잘한 것은 공유 개념으로 문제에 접근한 것
이 사람들이 그동안 답을 알면서도 도저히 그렇게 할 사람
이 없었기에 말이 나오지 않다가 나의 생각을 듣고 나서 좀
더 상세하게 동참하는 이야기로 발전되었기에 아이디어로
정립하는 계기가 되었다. 나의 근면하고 성실한 모습 그리고
해내려고 하는 열정적인 모습을 보고 산 주인 회장님은 이
런 말씀을 하셨다. "사장님 같은 분이니 이 문제를 해결하고

또 사장님은 '하늘의 복을 받은 사람'이다."라고 말씀을 주셨다.

　지금에 와서 보면 나를 신임하고 믿어주신 손봉안 회장님께 진심으로 감사의 인사를 올린다. 인생 장년기에 이런 기회와 이것으로 하여금 성공이란 반열에 다다를 기회를 주신 것에 오직 감사드릴 뿐이다. 하늘의 복은 그냥 오는 것이 아니고, 준비하고 자질을 갖춘 사람에게 그런 큰일이 오는 것임을 겸손하게 받아들인다.

6.
고소를 당하다

당초에 공사를 추진하던 사람이 물러나고 내가 공사를 추진하니 좀 섭섭한 게 있었던지 또한 내가 자기들 마음대로 그렇게 움직여주지 않으니 토목공사를 하던 중 허가 외에 법면을 좀 건드렸다고 고소를 하여 다시 그동안 세무조사와 부정한 돈은 없는지 수사과에 조사를 받았다.

본래 깨끗한 마음으로 시작하였기에 부정한 돈은 오고 감이 없었고, 다행히 집행유예로 풀려나서 다시 공사를 시작하게 되었다.

한바탕 수사과에서 조사를 일주일을 받고 나니 과거의 삶들이 떠올랐고, 그래도 꾹 참고 사실대로 조사를 받고 나니 다시 내게 행운의 쌍거북이가 인연으로 왔다. 늘 어려움을 겪는가 싶으면 이렇게 또 행운의 쌍거북이 소식이 오면서 나

의 일은 늘 전화위복이 되었다. 옛말에 "될 일은 그렇게 되어
지더라"는 말이 참으로 공감이 갔다.

7.
쌍거북이의 출현

쌍거북이

연일 발파와 장비 소리에 무디어진 감성에 아는 후배에게 한 통의 전화를 받았다. 무려 65톤에 길이 5.2미터 정도의 교미하는 쌍거북이를 사라고 흥정을 하여서 흔쾌히 산다고 하고 사진을 보니 너무도 흥미롭고 참 요상하게 생겨서 내가 소장하고 있다가 나중에 절에 기증하려고 돌을 잘 아는 형님을 대동하고 물건을 보러 가서 흥정을 하였다. 한 오천만 원을 생각하였는데 좀 과하게 달라고 하였지만, 군소리하지 않고 현장에 운반하는 조건으로 계약을 하였다. 내가 생각한 것보다 돌값은 많이 지불하였지만, 그 생김새와 풍기는 해학적인 가치는 돈으로 판가름할 수가 없어서 소장하였는데, 그 해학적인 생김새가 사진 작가들로 하여금 유명세를 치르는 명품이 되었다.

우리 집 정원에 있던 쌍거북이

나의 집 정원에 소장을 할 때는 소수의 사람만 볼 수가 있었지만, 소문에 의해 찾아오는 다수의 사람을 내가 감당하기에는 사실 너무 버거웠다.

그러던 중 포항시에서 '세모여 세오랑'이란 프로젝트를 추진하면서 거북이를 구입하겠다고 매일같이 공무원들이 들락거려 지인들과 상의 끝에 기증하기로 하였지만, 포항시에선 기증보다는 현금으로 사기를 희망하였다. 할 수 없이 소장하던 쌍거북이를 포항시에 내가 구입한 금액으로 팔았다. 동해안을 바라보고 앉아있는 거북이를 보면서 난 눈물이 핑 돌았다.

'그래, 네가 이제야 너의 자리로 돌아와서 저 넓은 동해로 헤엄쳐 가는 모습으로 많은 포항시민의 사랑을 받을 수 있다는 게 나로선 더 행복하고 고맙구나.' 하는 생각이 들어 정말로 내가 그래도 잘한 행이라는 것이 가슴을 뭉클하게 하였다. 비록 땅속에서 무구한 인고의 시간 끝에 발굴하여 최초로 나를 주인으로 찾아와서 짧은 시간이지만 아침마다 서로 교감하며 목욕을 시켜주던 그 거북이가 이제는 더 많은 사람에 사랑을 받고 있는 모습이 그저 흐뭇하고 참으로 감동적인 순간임을 고백한다.

포항시 연오랑 세오녀유원지 쌍거북이 모습

8.
문무대왕 유조비를 보시하다

　　　　　그렇게 쌍거북이도 자기의 자리로 시집을 보내고 나서 일하는 나의 마음은 그저 즐거웠다.

　고소로 중단되었던 현장이 다시 시끄러운 장비 소리로 말굽 산을 울릴 때 지난번 조사를 하였던 수사과장님으로 부터 한 통의 전화를 받았다. 오늘 저녁에 국회의원 김석기 님께서 전화가 갈 것이라고. 내용은 지금 문무대왕 유조비를 조성하려고 돌을 찾고 있던 중인데 진 사장님께서 의미 있는 일에 좀 동참을 호소하는 것이었다. 추후에 심천 선생님을 만나서 차 한잔을 나누면서 의미 있는 일에 동참하자는 선생님의 진정성에 그만 감동을 받아 돌을 찾기 시작하였다.

말굽산 공사현장에서

경주국회의원님과 함께 문무대왕 유조비 좌신을 설명하는 모습

산에 돌아와서 발파하고 장비로 걷어내던 중 약 11미터, 150톤이 되는 돌이 나왔다. 그것도 말이 끝나자마자 참 모든 게 신기하게 맞물려 진행되는 모습에서 공심을 내니 자연도 이렇게 한몫을 보태어 주는구나 하는 마음에 알 수 없는 희열이 올라왔다. 내가 살아오면서 이렇게 의미 있는 일에 동참할 수 있다는 것이 너무도 내게는 큰 영광이며, 나의 손으로 이 돌을 발굴하고 채취하는 그 정성은 말로 표현할 수가 없었다. 이 작은 보시이지만 말굽 산에서 나온 돌로 신라의 대왕 문무대왕 유조비 건립사업에 비석과 비신의 좌대

를 기증한 그 갸륵한 마음이 이 공사를 하면서 가장 흐뭇한 일로 기억에 남는다.

문무대왕 유조비 좌신을 석재사로 옮기는 모습

문무대왕 유조비 준공식 행사

문무대왕 유조비 준공식 기념 커팅하려는 모습

나는 하늘의 천복을 받은 사람이다

문무대왕 유조비 측면

문무대왕 유조비 앞 용산초등학교 22회 기념사진

나는 하늘의 천복을 받은 사람이다

9.
30년 대운의 원동력은 무엇인가?

근 사십에 이르기까지 망나니 건달생활로 인생을 낭비하고 뒤늦게 철이 들어 부지런하고 성실하게 살았다. 어머니의 자비심을 가슴에 새기면서 내가 좀 손해를 보더라도 사업에서 만나는 사람들에게 심덕을 잃지 않으면서 IMF 때 일수대금 받을 돈의 차용증과 공증을 좀 더 바른 삶을 살기 위해 가위로 자르고 내 인생의 좌표를 원점으로 돌려세운 것이 하늘의 복을 받을 준비를 한 것 같다. 지저분한 마음과 몸으로 하늘이 주는 복은 받을 수가 없었다.

첫 직업을 찾기 위해 고심하면서 그래도 나에게 부동산과 경매의 소질을 발굴하게 하여준 형님 덕으로 차분하게 한 단계씩 내 삶의 길을 갈 수가 있었고, 불현듯 아이의 천진난만한 미소를 보면서 그동안 어머니께서 귀가 따갑게 하신 말씀을 떠올렸다. 남에게 아픔을 주지 말고 남을 도우며 살아야 하며, 항상 남이 찾아오면 그냥 돌려보내지 말고 냉수 한 사발이라도 나누어 주라는 그런 말씀들이 하나하나 내 육신에서 꿈틀거리며 여섯 식구를 생각하며 부지런히 살았다.

어머니는 한평생 당신의 삶을 월세방에서 전전하며 하루의 시작이 기도요, 오로지 내가 사람이 되기를 부처님께 지극한 마음으로 기도하셨다. 자식을 위한 헌신의 기도의 공덕으로 때가 되니 그동안 그렇게 돈을 벌려고 돌아쳐도 심보와 심덕이 부족하여 되는 일이 없었던 것이다.

바람이 불어오는 길에 바람개비는 처음에는 타인의 힘에 돌아가지만 점차 스스로의 반동력으로 하루 종일 쉬지 않고 돌아가듯이 나의 30년 대운 역시 이와 같다. 연이 날려면 처음에는 불어오는 바람을 이용하듯이 나 역시 기초가 워낙 빈약하였기에 부동산 경매로 눈을 떠서 건축업을 하여 빌라를 분양하면서 기초를 다지니 그다음부터는 그냥 하는 일이 술술 풀렸다. 내 인생 마지막에 그래도 성공을 운운할 수 있었던 것도 남들이 하지 못한 일을 해내면서 그 대가를 받았기 때문이다.

그것은 우리의 삶에서 그렇게 보고 듣고 일어날 수 없는 상황이며, 이런 상황을 이렇게 만날 수 있었던 것도 지금에 와서 보면 다 그런 굴곡의 삶에서 그래도 하나 하나가 퍼즐 맞추듯이 다 필요한 부분을 이용하고 조화롭게 상생의 키워드를 꺼냈기에 가능하였던 것이다. 삼십 년 대운은 그렇게 거창한 것이 없다. 익히 여러분들과 별반 다르지 않지만 그래도 하나 분명하게 말씀을 드리고 싶은 것은 정말 그 일을 해내려고 공심으로 다수의 사람을 만나면서 그 생각들을 조율하는 나의 탁월한 판단력이라고 생각한다. 결론적으로 30년 대운은 이렇게 말하고 싶다. 본인의 노력과 주변의 도움이라고 말이다.

10.
모든 것이 다 전화위복이 되다

경주 시내를 가로막았던 말굽 산은 점차적으로 가라앉으며 산의 풍모를 잃어가고, 발파로 주변에는 먼지가 그렇게 날려도 민원 하나 들어오지 않았다. 이것은 우리 모두에게 이로움을 주기에 사람들이 다 십시일반 협조하는 마음이었기에 큰 어려움이 없이 공사가 진행되었는데, 그만 고소를 당하면서 잠시 나는 세무조사를 받으면서 잠시 위축이 되었다. 경찰에 불려가서 조사를 받으면 사람은 없는 죄도 있는 것같이 긴장되기에 '아, 여기서 또 경계에서게 만드는구나.' 하는 생각도 들어 조사가 원만히 마무리되고 나서 문무대왕 유조비 석재를 보시하고 나니 일은 더 일사천리로 진행이 되어갔다.

쌍거북이도 대중의 품으로 돌아가고, 공적인 일들이 사적인 난관을 그렇게 무던하게 원만히 마무리되는 것으로 보면서 모든 것이 다 전화위복이 되어가는 것이었다. '그렇구나. 하늘이 준 복을 진행하는 과정에는 어떠한 태클도 그렇게 보시로 전화위복이 되는구나.' 하는 감사의 생각이 나를 위로하여 주었다.

11.
어머니의 자비심 교육이 막힌 물꼬를 트게 하였다

어머니는 말이 여성이지 남자다운 우렁찬 목소리와 생활력이 강하셨고, 늘 부처님을 흠모하셨기에 심성이 바른 삶을 살다 가셨다. 그중에 항상 어려서부터 밥을 먹을 때면 먹을 게 있으면 친구들과 나누어 먹으라고 하고, 친구가 점심을 먹지 못하면 도시락을 함께 먹으라고 하신 자비심 교육이 늘 우선이었다. 그런 덕에 어머니에 비하면 한없이 부족하지만 내 몸뚱이에도 남에게 악하게 하지 못하고 남이 고통받는 모습을 보면 내가 괴롭고 남의 것을 절대 넘보지 않았으며, 그런 생각과 행동들이 은연중에 나와서 결국 일수도 포기하게 된 것이다.

내가 이 말굽 산을 개발할 때 산 주인에게 "당신이면 충분히 허가를 낼 수 있을 것입니다." 하는 소리를 듣고 자신감은 있었지만, 이것이 지금까지 풀리지 않는데 나라고 무슨 재주가 있어 저 문화재 고분지역의 관념을 변화시킬 수가 있을까 참 말굽 산을 걸으면서 난 산과 깊은 대화를 나누었다. 내가 어떻게 하여야 이 산을 개발할 수 있을까 하는 그런 골똘한 생각 끝에 예전에 어머니가 하신 말씀이 생각났다. "아들아, 사람들은 밥을 사 주는 사람을 좋아한단다." 그래서 난 여기에 목숨을 건다 하고 다양한 사람들을 만나면 밥값과 차값을 내가 당연히 내는 것으로 생각하고 낮은 자세로 겸손하게 물었다. 이것이 당신의 것이라면 당신은 어떻게 하겠냐고. 수없이 풀리지 않는 원인을 정확히 알고 그 부분을 정리하여 사람들을 만나면서 하나하나 물꼬를 틀 수가 있었다.

결론은 이것이었다. 나누어서 아니 되는 것은 없다, 나의 것이라고 생각하기에 딱 거기까지만 진행이 되는 것이다. 이것이 우리 모두의 것이라고 생각하면 일은 저절로 풀어짐을 배웠으며, 모든 일에 자비심을 내면 일은 다 잘되어짐을 여러분들과 함께 나누고 싶다.

12.
우연은 없다

사람들은 간혹 "진 사장, 당신 무슨 일을 하였다고 그런 공사를 당신이 따! 무슨 자격증이 있나 그렇다고 학력이 있나. 가진 것은 몸뚱이가 전부이며, 그저 잘살지는 못해도 밥은 먹고살 만 한 형편이 고작인 사람이 어떻게 그런 복을 당신이 차지할 수가 있나?" 하면서 "한턱내라고!" 농담반 진담반으로 이야기한다.

충분히 공감하고 맞는 말이다. 나는 아무것도 내세울 것이 없고, 그저 사십 대까지 건달로 살고 부동산과 경매를 배워 빌라를 짓는 건축업자로 살아온 내가 이런 복을 받을 자격이 있나 하는 생각을 스스로도 하곤 한다. 무슨 말을 어떻게 하여도 다 받아들이고 수용하며 "그렇지요." 하는 말씀밖에는 더 드릴 말씀이 없다. 다만 내게 인연이 자연스럽게 되었고, 난 그 인연을 공심으로 풀려고 한 것이 남과 다르다면 다른 것이라고 말한다.

그렇다. 이 한마디는 좀 새겨들을 만도 한 이야기다. 모든 게 나의 이득을 바라는 게 당연한 일이지만, 때론 그것이 장애가 되고 나의 재산권도 남용할 수 없게 만들 때가 있다. 그런데 보통의 상식으로 풀 수가 없을 때는 근본적으로 판을 변화시켜야 한다는 것이다. 한 사람 한 사람의 생각은 옳지만 다수의 사람이 연관되면 일은 항상 공정하게 돌아가는 것이기에 그 공정하게 돌아가는 것에 초점을 맞추어야 막힌 것은 흘러가고, 흘러감은 다시 원점으로 돌아온다.

인연은 때론 우연히 올 수도 있다. 내가 바라든 바라지 않든 인연은 누구에게나 손쉽게 다가올 수는 있어도 그 인연을 가꾸고 관리하고 푸는 것은 다 사람들 각자의 생각과 행동 그리고 관심에 달렸다. 우연은 있을 수도 있고 없을 수도 있습니다. 그렇지만 우연은 지금 내가 순간순간 만들어가고 있다는 것이다. 그러하니 우연은 없는 것이 아니라 지금 진행 중임을 알면 지금 우리가 하는 일에 더 관심과 집중 그리고 애틋한 마음이 필요한 것이다.

우연은 지금 만들어지고 있다는 것 명심하시길 부탁한다. 그러면 우리는 지금을 그렇게 막행막식하게 살지 않고 항상 좀 더 깨어서 지금을 살아야 한다.

13.
다 함께 같이 살자

참 개뿔도 없으면서 사십 대 초반 부동산 경매에서 나에게 모여든 사람에게 내가 외친 소리다. "당신의 돈이 당신 것만은 아니다. 우리 함께 같이 살자!"라고 말할 때 '와, 저 사람 완전히 김정은보다 더한 사람이다.'라고도 말할 수 있다. 하지만 나는 나의 능력으로 사람들의 재산을 불려주는 사람은 아니고 나에게 투자하는 사람의 돈과 나의 능력이 합하여지기에 우리 함께 같이 살자고 한 것이다. 이 말에 책임을 지고 나에게 투자를 하신 고객들에게 손해가 가지 않으려고 난 더 부지런히 발품을 팔 은공으로 다 함께 같이 사는 상황을 직접 내가 연출하였기에 난 다른 사람들과 달리 돈을 더 벌 수가 있었다.

이것은 내가 살아온 통 큰 배짱과 사려 깊은 판단력이 적중하였기에 이런 신뢰관계가 형성될 수 있었고, 나에게 맡겨준 고객의 돈이 손해를 보지 않게 하기 위해 난 밤잠을 줄여가며 안 되는 일도 되게 만들어 놓았다. 즉 다시 말해 내가 이득을 줄이고 나에게 투자한 고객을 더 소중하게 생각하다 보니 인간적으로 친해져서 계속하여 사람들이 몰려왔다.

심지어 경매로 집을 당장 비워주어야 하는 사람들도 형님, 동생으로 인간적으로 사귀어서 나에게 투자자로 찾아오고 그런 사람들에게도 더불어 같이 살자고 정을 나누니 내 고객은 당연히 많아졌으며, 돈도 때가 되니 그냥 왔다.

이 표현을 다수의 사람은 공감하기 어렵겠지만 돈, 돈 하다 돈이 쌓이고 나면 그것도 별개 아님을 체험하고 나니 오직 건강하게 가족들 화합하여 나누면서 사는 것이다. 이 단순한 말을 하기까지 인생은 아름다웠다고 말하고 싶다.

제5장

늦게 핀 국화꽃이 오래가듯이
나의 인생 철학을 공유하며

1.
나는 돈도 벌고 선한 사람이 되었다

성공하고 싶은 게 인간의 가장 큰 욕망인데 이것의 기준은 다 다르지만 스스로 생각하여 이 정도의 돈이면 된다고 생각하면 성공을 한 것이다. 우리는 다 부자가 되고 싶지만 현실은 그렇게 갈수록 녹록하지가 않아서 어떻게 돈을 벌어야 하는지 참으로 막막하다. 그래도 지금 우리가 살아가는 현실을 직시하면 방법과 길은 충분히 있다. 나의 경우도 보일 듯하지만 여전히 안갯속이고, 주변을 정리하고 새롭게 출발하니 인연은 그렇게 이어졌고 난 그 상황에서 나름대로 내가 할 수 있는 역량을 발휘하여 가난은 면할수가 있었다.

과거의 방법으로 지금 돈을 벌라고 하면 그것은 너무도 구닥다리 방법이고, 하루가 다르게 변화되어 가는 현실에서 우리가 땀 흘려 돈을 벌 방법을 따르라고 하는 것은 맞지가 않다. 다만 나도 회장님처럼 성공한 사람이 되고 싶다는 젊은이들을 마주할 때 난 외면하고 싶지가 않아 사람이 먼저 되는 길을 전하여 준다. 과거에는 내가 노력을 하면 대가가 함께하였지만, 지금 강남의 집값을 내가 노력하여 장만한다는 것은 너무도 현실적으로 어려운 일이기에 사람이 가지고 있는 덕으로 사람을 만나다 보면 늘 인연이 주어지기에 지금 내가 무엇을 하고 있는지 좀 늦었더라도 큰 그림을 그리기를 부탁한다.

적어도 자기가 성공한 사람의 발자취를 따라 나 역시 그렇게 가려고 하는 사람의 인성을 먼저 갖추고, 나누어 주고 함께하려는 마음을 갖추면 항시 주변에는 사람이 따르게 마련이다. 나는 어머니의 나눔을 어려서부터 보고 배웠지만, 그것의 가치를 잘 몰랐다. 그런데 결정적인 큰일을 마주하고 나서 그 일을 해결하는 핵심은 자비심이라는 것을 명확하게 알고 나서 가진 것이 없어도 물 한 잔을 나눌 수 있고, 따뜻한 마음과 상대를 기분 좋게 하는 말로 도움을 줄 수가 얼마든지 있다. 이런 것이 하나하나 저금이 되어 그것이 나에게 부메랑이 되어 돌아온다.

　지금 내게 주어진 환경을 받아들이고 그곳에서 불평불만을 하지 않고 성실하게 살다 보면 기회는 누구든지 오는 법이다.

　지금 하는 것을 통하여 내가 바라는 성공으로 가는 것이다. 절대 하늘의 복은 그냥 툭 떨어지는 법이 없다. 내가 노력할 때 그 공이 쌓여서 나에게로 오는 법이니 지금 만나는 인연들을 소중하게 생각하고 늘 진심과 공심으로 상대를 대하다 보면 그 말이 씨가 되어 나에게 복을 심어준다는 사실이다.

　어머니의 간절한 소망은 내가 선한 사람이 되는 것이었다. 참 지지리도 못난 놈이 되다 보니 사람 되는 것을 일 순위로 두셨다. 내가 얼마나 망나니의 삶을 살았기에 이런 부모님의 가슴에 대못을 박은 격이 되었다. 만약에 내가 선한 사람이 되지도 못하고 성공도 하지 못하였다면 내 인생이 얼마나 초라했을까? 아마도 지금쯤 내가 살아 있을 거라고는 생각하지 않는다. 이 다혈질의 성격에 스스로 아마도 어떤 일을 하고도 남았으리라 생각된다. 그래도 초년 운과 중년 운을 잘 극복하고 중년에서 말년으로 접어드는 인생의 황혼기에 그동안 삶의 내공으로 선한 사람도 되고, 소위 성공이라는 이름을 들먹일 정도의 부도 갖추다 보니 어머니에 대한 불효만 떠오르고 하나도 사랑을 돌려주지 못한 내 마음이 이리도 시리고 아파서 난 이 땅의 모든 부모님을 아버지, 어머니로 받아들이고 내가 남은 삶을 나를 필요로 하는 그 모든 것에 역량을 다할 것이다.

내가 이렇게 사람이 되고 성공한 사람의 근본은 부모님이고 그다음 나의 가족으로, 공동체를 이루는 모든 사람의 덕이다. 내가 한 것은 1%도 아니되고 다 가족 공동체 분들의 덕이다. 이런 화목한 가정을 꾸리고 존경받는 아버지로 설 수 있는 것도 다 그들의 덕으로 생각한다. 하나 더 나누고 싶은 것은 첫 번째로 만난 아내에게는 너무도 송구스럽고 미안하다. 그동안 지켜주지 못하고 홀로 훌륭하게 키운 아들을 너무도 자랑스럽게 생각하며 내 미력한 마음을 앞으로 행으로 보여주고 답하리라 약속하는 바이다.

나눔과 섬김의집에서 울산시장님과 함께 기념사진

울산에서 고향 주민분들과 함께 감사패 받는 모습

2.
나의 업의 잔상은 내가 책임을 진다

　　　　　내가 망나니의 삶을 살다 보니 누나가 가
장 역할을 하고, 조카들을 거두고 집안의 대소사를 그래도
매끄럽게 유지하여 온 것에 대한 감사드린다. 또한 진씨 집
안에 시집와서 망나니 남편을 만나 자기의 인생은 송두리
째 포기하고 아들 하나를 꿋꿋하게 잘 키워주신 전 부인에
게도 심심한 감사를 올린다. 말이 그렇지 얼마나 힘들었겠는
가? 그것도 모르고 망나니 건달로 살아왔으니 참 지난날을
생각하여 보면 너무도 한심하고 보잘것없는 초라한 인생을
살아왔다.

　홀어머니의 애틋한 마음을 검게 탄 숯으로 만들어 놓고
이제야 효도한다고 날뛰고 다니니 저승에서 얼마나 한심한
녀석으로 보고 계실지…. 그리고 새로 만난 공동체 가족들
을 통하여 난 좀 더 인간적인 감정을 회복하고, 늦었지만 철

이 들게 되었다. 사람이 마음으로 할 수 있는 게 있고, 물질로 나눔을 하지 못할 때는 정말 괴로움이 따른다. 그래도 그 망나니 건달의 생활에서 모아 필요한 요소들을 나의 사업에 밑천이 되었으며, 사람들을 포용하게 하는 넓은 가슴을 가질 수가 있었다. 지금에 와서 보면 어느 것 하나 나쁜 것이 없었다. 물론 당사자들의 마음은 아팠지만 결과적으로 보면 그것을 통하여 나는 더 상대를 이해하고 배려하고 나눔을 실천하는 그러한 사람으로 변하여 간다는 게 보기가 좋다.

지나온 일들이 다 아름다울 수는 없다. 후회하여도 소용없고 그렇지만 내가 걸어온 길을 가식 없이 이렇게 오픈 하고 걸림 없이 살려고, 그리고 내가 모르는 잘못과 부족한 점이 있다면 이참에 참회하고 그 모든 것을 받아들이고 다 나의 어리석음과 부족함으로 이런 일을 만들었다고 생각한다. 그 누구의 잘못도 없고 오직 나의 부족한 생각이 여러 사람의 마음을 힘들게 한 점은 정말로 용서를 빈다. 하여 이제는 나의 업의 잔상을 긍정적으로 내가 받아들이고 내가 끝까지 돌보며 책임을 질 것이다. 누구에게도 손 벌리지 않고 나의 능력과 힘으로 내가 이 생명 다하는 날까지 더불어서 함께 돌보며 살 것을 약속한다. 그리고 어둠의 세계에서 만났던 동생들도 그들이 마음의 문을 열면 내가 힘닿는 데까지 도울 것이며, 변화된 모습으로 다가오는 동료들은 언제든지 환영하며 부처님의 넓은 마음으로 그들의 모순을 포용할 것이다.

삶의 길에서 만난 인연들에 정중히 감사드리며, 나 또한 남은 삶을 하심 하며 살 것을 약속한다.

삼천포 용산초등학교 가을 풍경 사진

3.
이 땅의 젊은이들에게 나누고 싶은 말은?

국가와 부모가 여러분들의 삶을 어떻게든 도와줄 거란 생각을 내려놓고 젊은 패기와 꿈을 갖고 도전해야 한다. 지금 세계와 국가는 젊은이들의 능력을 기다리고 있다.

당장 결혼도 힘들고 전세와 집 장만도 어려운 시기에 이런 현실에서 먼 이야기로 들릴 수 있지만, 내가 지금 처해 있는 현실이 여러분들의 전부가 아니다. 지금은 '나를 알고 세상을 아는 그런 단계에서 세상을 위하여 나는 어떤 일을 할 것인가?' 하는 그런 큰 구상을 하고 나를 갖추고 공부하여 다 함께 잘사는 세상을 만드는 데 젊은이들이 협력할 준비를 하시기를 부탁한다. 지금 곶감이 달다고 하여 현실에 안주하지 말고, 위대한 선인들의 영혼을 늘 가슴에 새기며 나도 국가와 민족을 위하여 나의 능력을 발휘하는 그런 인재가 될 능력을 자기답게 갖추어야 한다.

다 똑같은 삶은 재미가 없다. 남을 부러워하기보다 내가 그런 위치에 설 희망을 갖고 안팎으로 공부하여 국가에 필요한 대들보가 되어야 한다.

지금 나라와 국제사회는 다시 혼돈의 시대를 맞았다. 이런 시국에 젊은이들은 실패하여도 도전하는 사람이 되어주어야 한다. 누구나 실패하고 어리석은 생각을 할 수도 있다. 이런 말을 하는 나 역시 젊은 시절에는 깡패였다. 참으로 아주 못난 생활을 했다. 그러나 그 생활 속에서 좋은 점은 배우고 부족한 점은 버렸더니 추후에 사업을 하는 데 장점이 되었다. 그렇듯이 지금의 관습에 물들지 말고, 항상 새로운 마인드로 창의적인 삶을 만들고 지금 사회가 희망을 주지 못하더라도 절대 실망하지 말고 꿈을 갖고 실현하는 사람이 되길 희망한다.

"이 땅의 젊은이들이여, 난 당신들의 아버지로서 포기하지 말고 도전하라는 희망의 메시지를 들려주고 싶소. 나다운 것이 세계적인 것입니다."

4.
자식들에게 들려주고 싶은 이야기

코흘리개 자식들이 어느새 장성하여 가정을 이루고 자식들을 낳아보니 이제 부모의 마음을 이해하는 폭이 더 깊어지리라 생각한다. 나 역시 막내의 천진난만한 미소를 보면서 한동안 잊고 살았던 인간의 감정을 회복할 수 있었다. 사람은 빵으로 살 수 없고 사랑을 주고받으며 정으로 살아간다는 게 나이 들어 보니 공감하는 말임을 배운다. 없이 살대는 돈이면 다 된다고 생각하여 오로지 일만 하였고, 자식들이 어떻게 학교에 다니고 무슨 고민이 있는지도 생각하지 못하고 돈을 버는 데 인생을 골몰하다 보니 정말 제대로 영화 한 번 보지도 못하고 아들에게는 친구가 되어주지 못하였고 딸들에게는 다정한 아버지의 모습을 보여주지 못함은 순전히 나의 수양 부족임을 고백한다.

소리 지르고 다그칠 줄만 알았지 차분하게 너희들의 눈높이로 함께하지 못하고 오로지 일만 하다 보니 머리는 흰머리가 되어가고, 너희들은 하나둘 부모의 품을 떠나가고 말았구나. 원래 성격이 급하고 목소리가 크다 보니 똑같은 말이지만 아버지도 오해를 받을 때가 많단다. 그러나 아버지는 사실은 여리고 단순한 사람이다. 내가 어려서부터 할머니께 들었던 말 중 줄곧 마음속에 잊히지 않는 말을 이제야 내 자식들에게 전하고 싶다. 무슨 거창한 말도 아니고 그렇다고 소홀한 이야기도 아니니 귀담아들어 너희들도 실천하고, 차후에 너의 자식들에게도 대물림을 하였으면 한다. 너희 할머니는 이런 말들을 어떻게 배우셨는지 참 훌륭하고 존경스럽다.

돈을 벌어서 잘살라고 하는 것이 모든 부모가 자식들에게 하는 말이다.

나는 오늘 너희들에게 돈을 많이 벌어서 잘살라는 이야기는 식상하여 하고 싶지가 않다 이미 너희들은 내가 그런 말을 하지 않아도 너희들 나이에 그래도 성공한 사람들이다.

그러니 이런 심덕을 갖추면 나도 좋고 주변에서 사랑받고 존경받는 사람이 될 것이다. 모든 사람은 다 성공하고 출세를 하고 싶어 하지만, 그 이면에는 먼저 사람이 사람다운 품격을 갖추는 게 더 중요하다. 그러면 제물과 사람이 따르고 복이 오는 것이다.

사람들에게 존경을 받는 길은 내가 먼저 존경받을 행을 하는 것이다. 그래서 첫 번째로 사람들이 찾아오면 그냥 절대로 보내지 말고 배고픈 사람에겐 밥을 주고, 목마른 사람에게 물 한 잔이라도 나누는 사람이 되었으면 한다. 그리고 그 어떤 사람을 만나든지 항시 찻값과 밥값을 지불하는, 즉 밥 한 끼를 내가 사 주는 사람의 심덕으로 살았으면 좋겠다. 돈이 많고 적고를 떠나서 사람에게 나누어 줌이 큰 미덕이니 항상 내가 무엇을 도와주는 사람이 되기를 바란다. 이것이 할머니의 철학이며, 오늘의 나를 이만큼 만들어준 깊은 이야기다. 이 이야기를 너희들이 몸소 실천하면 늘 사람들이 따를 것이며 또한 자식들에게도 존경받는 사람이 될 것이다. 성공의 열쇠는 상대에게 있는 것이 아니라 다 나의 행과 자비심에서 상대가 도와주어야 한다는 것을 명심하길 바란다. 주변의 도움 없이는 절대 큰일을 할 수가 없다는 것을 아버지는 몸소 생동감 있게 경험을 하였다.

하늘의 복을 받은 후손답게 모든 사람을 존경하고 베풀고 나누어 주는 사람이 되면 없어도 배부르고, 없어도 있는 것처럼 쓸 수 있는 사람들이 내게 오는 법이다. 그러하니 이 영광이 너희들도 잘 실천하여 하늘의 복을 나누어 주는 사람이 되는 것이 이 아버지의 작은 소망이다. 끝으로 형제간에 서로 존중하고 겸손하게 우애를 중시하고 친척들 간에도 베푸는 사람이 되어야 한다.

아들, 딸들아, 지금 이렇게 밝고 건강하게 그리고 잘 자라 주어서 너무도 고맙고 감사하다. 너희들이 이 아버지의 유지를 잘 받들어 너희들도 존경받는 사람으로 남기를 엄마와 아버지는 희망한다. 사랑한다.

5.
인생의 후배들에게 희망과 꿈을 전하며

　　　　　　나라의 대통령도 국민에게 희망의 메시지를 주지 못하는 판에 칠십의 노장이 무슨 희망을 나눌 수 있겠습니까? 대통령은 살림살이가 크기에 힘이 들어서 그런다고 보고, 이 노장은 그래도 아직 젊은이 못지않은 기상과 에너지로 하루를 시작하고, 쉼이 없이 일하는 정신으로 여러분들 앞에 섰습니다.

　인생의 굴곡을 건너보면 분명한 것은 아침이 온다는 것입니다. 그 당시는 밝은 날이 도저히 올 것 같지가 않지만, 내가 어떻게 행하고 준비하느냐에 따라 아침이 오는 시기에 차이가 있을지라도 누구에게나 한두 번의 기회는 오고 가는 법입니다.

　그런데 오늘날 케케묵은 개똥철학을 인생의 후배들에게

전함이 웃기는 이야기가 될 수도 있지만, 시간이 변하여도 사람 인생의 근본적인 부분은 그렇게 변화가 없습니다. 오늘 저는 인생의 후배들에게 돈 버는 이야기와 인생의 이야기를 중복하여 말씀을 드리겠습니다. 그러하니 잘 경청하여 인생의 길목에서 그 노장의 한 대목이 여러분들의 인생에서 버팀목이 되기를 진심으로 바라는 마음뿐입니다. 내가 여러분보다 조금 나은 것은 인생의 경험이 풍부하다는 것입니다. 그 경험이 내가 큰일을 해낼 때 참고가 되고, 그것을 응용하여 현실을 극복할 수 있는 지혜가 있기 때문입니다. 젊어서는 내가 가는 길이 아니어도 좀 다른 각도의 사람들을 만난다든가 직 간접적으로 다양한 경험을 하는 것이 좋습니다. 물론 자기 분야에만 일등이 되는 것도 좋지만, 젊어서의 다양한 경험은 사십 대 이후의 삶을 윤택하게 하는 충분한 데이터베이스 역할을 하는 것입니다. 지나고 보니 돈은 좇으면 멀어진다는 말이 맞았습니다.

먼저 명분 있는 일을 하고, 그 명분이 사람들에게 이로움을 줄 수 있게 하면 돈은 명분을 따라오게 되어있습니다. 하여 드리는 말씀은 무슨 일이든지 좋습니다. 어떠한 일도 나보다 다수의 사람이 함께 더불어 잘살 수 있는 쪽을 택하는 게 이런 복잡하고 어려운 시기에는 대중의 호감을 살 수가 있습니다. 심지어 간판을 걸어도 '더불어 함께 나눕니다.'라고 하면 지나가던 사람들이 가고 싶어도 그냥 가지 못하고 들어오게 되는 법입니다. 젊어서는 책도 좀 보고, 성공한 사람들을 연구도 하고, 우주 자연에 대하여 공부도 하면서 이 우주 자연의 법칙을 이해하는 게 좋습니다.

그런 공부를 이론적으로라도 섭렵하고 나의 인생 멘토를 정하고, 다음에 목표를 설정하고 밤잠을 줄이고 간절하게 지혜를 궁리하여 내가 이 분야에 달인이 되는 길을 찾아야 합니다. 그것이 곧 개인의 영광이며, 국가의 경제에 도움을 주는 것이기에 항상 내 고객과 마케팅은 대한민국을 넘어서 국제사회를 바라볼 줄 아는 그런 큰 그릇을 가져야 합니다. 이 글로벌 시대에 한 생각의 탁월한 아이디어는 다수의 사람에게 공감받을 기회가 항상 열려있습니다.

이 노장의 삶도 하늘의 복을 받을 줄 누가 알았습니까? 사십 대만 하여도 난 뒷골목을 전전하는 망나니 깡패였습니다. 그런 내가 이렇게 여러분에게 인생 조언을 하게 될 거라고는 나 역시 상상도 하지 못했습니다. 그런데 줄곧 어머니의 자비로운 생각은 심중에 떠나지 않았고, 그것이 행동으로 옮기지는 못하였어도 그 행동을 두 번, 세 번 생각하면서 그 상황을 그래도 돌아보는 습관이 미약하지만 남아있었습니다.

배운 것이 없어도 난 수많은 사람 앞에서 호소력 있게 설득을 하였고, 내 신세가 검은 까마귀여서 믿어주지 않아도 지혜를 발휘하여 해냈습니다. 자, 인생의 후배님들이여! 중요한 것은 포기하지 않고 해내려 하는 간절한 마음입니다. 그런 마음을 갖추고 근면성실하게 겸손하면 내 앞에 다가오는 사람들이다 나의 고객이 되고, 나에게 좋은 아이디어를 주는 것임을 몸으로 체득한 사실입니다. 그리고 지금의 처지를 비관 말고 나 자신을 사랑하고 큰 사명을 갖추고 젊은이답게 비굴하지 말고 일어나십시오!

막히면 자세를 낮추면 되고, 햇빛 나면 땀 흘려 일하면 됩니다. 땀 흘려 일하는 것이 내 것이고 성실하지 않으면 큰 복은 오지 않습니다. 결국 복과 성공은 그냥 오는 것이 아니며, 무수한 시련을 거치면서 탁한 기운이 나가야만 밝은 일들이 만들어지는 대자연의 순환 법칙과도 같은 것입니다. 이 노장의 훈수를 이 땅의 젊은 인생 후배들이여, 눈앞에 보이는 것이 전부가 아니고 남의 탓, 국가 탓, 부모님 탓하는 못난 생각에서 벗어나 혈혈단신 자비심을 기상으로 내가 이 국민을 다 이롭게 하겠다는 큰 이념을 갖추고 대자연의 에너지를 흡수하여 부디 이 대한민국을 빛내주시기를 부탁드리오!

나 역시 나의 물질과 정신을 거룩한 사람에게 회향할 것이니 우리 모두 각자의 몫을 자기의 자리에서 충실하게 살아야겠습니다.

감사합니다.

6.
나의 별명은 등소평이다

작은 체구에 카리스마가 넘치는 눈빛, 천하를 호령하고도 남을 우렁찬 목소리 게다가 배짱을 갖추어서 일찍이 건달세계의 자질을 갖추었는지 모른다. 그런데 사실 나의 아버지는 3살 때 돌아가셨다. 그런데 어머니에게서 들은 이야기는 아버지께서는 손재주가 탁월하고 또한 성실하고 부지런하여 당시 기와집을 세 채나 보유하고 있었을 정도의 재력가라고 하였다. 그 아버지의 손재주와 어머니의 우렁찬 목소리를 빼닮아 키는 작았지만 동작은 빠르고, 일단 어릴 적 싸움이 벌어졌다 하면 끝장이 나야 싸움을 멈추기에 삼천포에서 나에게 시비를 거는 사람이 없었다.

말굽 산을 개발할 때도 그 큰 장비를 작은 체구가 조작하니 사람들은 더 신기하게 볼 때도 있었고, 난 손재주가 탁월하여 고치는 것을 잘하여 사람들에게 인기가 많았고 어디에서든 항상 리더가 되었다. 그것은 나의 포스가 사람들을 압도했기에 눈싸움을 하면 나를 이기는 사람이 없었을 정도이다. 내 눈을 바라보면 사람들은 스스로 진실을 이야기하였고, 거기에다 고함을 한 번 지르면 상대는 기가 죽어 내 편이 되어주었다. 그러나 겉은 그래도 난 모질지 못하고 여린 사람이었다. 어머니의 성품을 고스란히 물려받아 악한 행동을 할 수가 없었던 것이 천만다행이었다. 만약에 이런 포스에 그런 악질적인 성품을 가졌다면 참으로 끔찍한 일이 벌어졌을지도 모른다.

내가 이 대목에서 등소평을 꺼내 들은 것은 신체와 포스가 닮아서이지 난 동네 반장 하나도 하여보지 못한 무지랭이다. 한때 거친 삶을 살 때 동생들이 나에게 붙여준 별명이며, 말굽 산을 개발할 때도 주변의 동료들은 나를 보고 '등소평이'라고 말들을 하곤 하였다. 한 가정의 아버지로 그리고 한 여인의 남편으로 평범하게 살아가는 사람으로 난 지금 내 모습이 좋다. 그리고 이 평범한 가정을 사랑하고 함께 지켜가는 공동체 가족들을 존경한다. 나의 솔직한 마음은 자상한 남편으로, 가족 모두의 버팀목으로 친구가 되어주고 싶은 마음뿐이다.

결혼 10년 기념사진

7.
굴곡의 삶의 경험이 큰일을 해내는 마중물이 되었다

내가 세상에 태어나서 목격한 가장 큰 어려움은 어머니의 등에 업혀서 우리 집이 불이 난 걸 본 것이다. 기와가 주저앉고 사람들이 물동이를 머리에 이고 동동동 왔다갔다 하는 모습이었다. 그것이 좋고 나쁨도 구별하지 못할 정도로 어린 나이에 그 광경을 봤음에도 선명하게 기억이 난다. 그러고 나서 스님들이 오셔서 어서 빨리 이사를 가라고 여기에 있으면 다 죽는다고 하시는 말씀도 기억한다.

초등학교에 다니면서 아이스께끼 장사를 하면서도 난 불평을 하지 않았다. 내가 돈을 벌어서 엄마의 수중에 쥐여주고 난 친구들과 전쟁놀이 하러 산으로 들로 다니다 해가 지고, 그것도 어머니께서 나를 찾아 나서야 집으로 돌아오곤 하였다. 그리고 16살부터 시작한 택시 조수 생활로 돈을 벌어 우리 집 가정을 일으키겠다는 포부는 있었지만, 내가 지니고 있는 성품이 내 의지와는 상관없이 건달이 되어 어깨힘을 주면서 온갖 망나니 생활로 한때는 감옥 생활로 남들이 겪지 못할 다양한 경험을 하게 되었다. 그 후로 새로운 삶을 살기 위해 법원 경매를 배워 돈을 벌고 나서 돈과 사람들의 속성을 보기만 하여도 답이 나오는 그런 시야가 자연스럽게 나왔다. 1,000억 원의 부자들도 돈으로 풀 수 없는 문제를 마주하고 내 이름 석 자를 신용과 담보로 해낼 수 있었던 것은 전적으로 굴곡의 삶을 통하여 그동안 훈습한 삶의 대가였다고 하여도 과언이 아니다. 이 하늘이 주신 복을 받을 수 있었던 것도 그 정도의 배짱이 있었기에 가능하였고, 그것 역시 해낼 수 있다고 하여 나에게 인연이 된 것이라고 생각한다.

내가 만약 살아온 삶이 평범하고 소박한 한 가정의 아버지로 살아왔다면 이런 인연이 오지도 않고, 설사 왔다고 하여도 도저히 소화할 수가 없는 것이다. 처음에 이야기를 하였지만 이 말굽 산을 개발하겠다고 나에게 소나무를 판 사람

역시 지금에 보면 역량이 모자라 하늘의 복을 받지 못하듯이 말이다.

그렇고 보면 다 나의 운명임을 받아들이고 내가 태어났을 때 쌍계사 스님께서 저놈이 이 가정을 일으킬 재복을 타고 났다고 하신 나의 사주는 정말로 맞았고, 스님의 도력으로 정확하게 보셨다.

그렇게 나는 이 큰일을 해내기 위하여 그만큼 내 그릇을 키우는 역량으로 살았다는 게 조금은 이해가 간다. 물론 어머니와 형님 그리고 누나, 첫 번째 부인과 아들에게는 서글픈 이야기지만. 세월이 흘러 결과적으로 성공을 한 후에 이렇게 돌아서 갈 수밖에 없는 나의 삶을 받아들이니 한결 마음이 홀가분하다.

8.
나는 이것을 갖추었기에 하늘의 복을 받았다

첫째로 나는 부지런하다. 나는 비 오는 날을 싫어한다. 왜냐하면, 일을 하지 못하기 때문이다. 아침에 일찍 일어나서 대문을 열고 맑은 기운을 집으로 들이는 것은 어머니께서 어릴 적에 보여주신 일상이었다. 나도 그렇게 부모님의 부지런함을 물려받아 잠시도 쉬지 않고 움직여야 직성이 풀리는 성격이다. 이것 때문에 집사람에게 가끔 꾸지람도 듣지만 천성이 부지런하니 나이가 들어도 역시 마찬가지다.

두 번째는 우연과 공짜가 없다는 것을 나는 안다. 인연은 쉽게 만들어질 수는 있어도 그것이 다가 아니다. 난 나와의 인연을 참 소중하게 생각하고, 꽃밭에 화초를 가꾸듯이 인연들을 관리한다. 정기적으로 문안 인사를 드리고, 늘 지인들을 불러 모아 밥은 내가 도맡아서 사는 게 나의 즐거움이다. 나는 형편이 조금 펴지고 나서부터 어머니의 말씀을 실천하려고 노력을 하고 있다. 그것은 가난한 사람들을 돕는 것이며, 선행을 하며 사는 것이다. 어머니의 삶은 한마디로 기도와 나눔이었다. 고향 사람들은 하나같이 진명석이가 성공한 것은 전적으로 어머니의 기도의 공덕이라고 한다. 나도 인정을 하고 또한 어머니는 항상 없는 형편이라도 마음으로 나누고 남을 도와주라는 말을 하셨다. 그만큼 어머니의 선한 자비행의 공덕이 나에게 하늘의 복을 받는 인연을 만들어주셨다고 나는 생각을 한다.

세 번째는 사람들을 항상 리드하는 리더십과 약간의 보수의 기질을 가지고 있고, 두툼한 배짱을 지니고 있어 남에게 지는 성격이 아니기에 사업의 근성으로 활용하면 좋은 역량임을 30년 대운의 지난날을 회고하여 보면 증명이 된다.

네 번째는 위에서도 말씀을 드렸듯이 내가 지은 공덕은 솔직히 하나도 없다. 내가 살아온 삶으로 보면 나는 하늘의 복을 받을 자격이 없는 사람임을 내가 가장 잘 안다. 정말 잘 한 것이 없고, 어머니와 주변 사람들의 마음만 아프게 한 것 밖에 없는 데다 나에게 이런 기회가 온 것은 미력하나마 내가 살아온 환경을 보고 이 문제를 풀 수가 있다고 생각을 하였기에 산 주인은 나를 신임하는 계기가 된 것이다. 그것이 결정적인 현실적인 이야기다. 물론 우리가 보이지 않는 이면의 세계까지는 좀 이해하기 어렵고 바로 단순하게 풀어보면 먼저 하던 사람이 풀지 못하니 산 주인은 다른 사람을 물색하다가 내가 그 사람들과 관련이 되어 있으니 나에게 한 번 기회를 준 것이라고 보면 된다.

나 역시 조금 관련이 있는 상태에서 그런 중책을 맡았으니 최선을 다하지 못한다면 이것은 정말 부끄러운 일이라고 생각했다. 지금까지 내가 살아온 삶의 역량을 다 집약하여 안 되는 이유를 아니 답이 보였고, 그 안 되는 이유를 개선할 차선책을 제시하니 일은 그렇게 쉽게 풀렸던 것이다.

결론적으로 하늘의 복을 운운하는 게 때론 부담스럽지만 그만큼 현실적으로 경제적인 세입을 하였기에 이런 말들이 나오는 것이다. 나 역시 그렇다. 하늘의 복을 받은 것은 사실이다. 숨기고 싶지도 않고 숨길 이유도 없다. 인생은 그렇게 빈손으로 와서 빈손으로 돌아가는데 나는 뭐 그리 돈에 집착하는 소인배의 삶을 살고 싶지가 않아서 이렇게 나를 아는 지인들과 함께 이 이야기를 풀어내는 중이다. 하늘의 복을 운운하는 내 자신이 하늘의 복을 나눌 때 그 말은 유효함을 알기에 사실 엄청난 책임감과 신중함을 느낀다. 나와 나의 가족들에게 이런 아버지의 심정을 공감하기를 부탁하고, 우리가 여기에서 함께 생각을 하여야 할 것은 그 하늘의 복은 다 여러 사람의 공과 덕으로 받음을 바로 알고 나의 역량을 나눔을 통하여 하늘의 복을 실천하는 사람이 되어야겠다.

9.
나의 인생을 회고하여 보며

        나는 7살쯤 '아, 우리 집이 못사는 집이구나.' 하는 생각을 하였다.

그렇게 가난을 벗어나려고 공부를 하여야 한다는 생각을 하지도 못하고 나는 일찍이 산업 전선에 뛰어들었다. 그것이 내가 할 수 있는 최선의 길이었고 또한 어머니의 기대와 바람으로 난 아파도 아픈 줄을 모르고 뛰었으며, 그런 성향이 어두운 생활로 안내하여 거기서 도무지 헤어나지 못하고 욕망을 충족하는 그런 저급한 생활을 하며 젊은 날을 보냈다. 옛말에 "십 년이면 강산이 변한다"고 하는데 삼십 대 후반까지 인생을 낭비하고 말았다.

왜 그렇게 도박에서 벗어나지 못하고 그 어둠의 굴레에서 그렇게 머물렀을지 가끔씩 내 자신에게 물어보지만 그렇게 시원한 대답을 찾을 수가 없다. 한마디로 자식을 키우는 입장에서 부끄럽고, 아버지의 삶을 이해하여 달라고도 하고 싶지가 않다. 만약에 내 자식이 아버지의 삶을 똑같이 빼닮아서 그런 길을 간다고 생각하면 정말로 얼마나 끔찍한 일인가?

나는 그렇게 살아왔어도 내 자식만큼은 반듯하게 살기를 바라는 것이 이 땅의 모든 부모님의 마음이듯이 가정을 가지고 참신한 직업을 가졌다면 그 어둠의 굴레에서 좀 더 벗어날 수가 있었다고 뒤에 일수를 하면서 내 자신을 알았다. 내 일을 내가 주도적으로 할 수 있고, 수입이 생기고 미래를 설계할 수 있는 삶이면 누구든지 어두운 길에서 벗어날 수 있는 생각들을 한다. 그런데 돈을 쉽게 벌고 땀을 흘리지 않기에 생각은 멈추어서 그 생활을 계속하여 반복하는 게 그런 사람들의 공통점이다. 이것이 아니면 난 사회생활을 할 수 없다고 스스로를 단정하기에 그렇게 자의 반 타의 반 스스로를 그렇게 가두면서 살아간다고 말할 수 있다.

인생의 터닝 포인트는 자식들이 커가면서 성인이 되어가면서 부모는 자식의 거울이기에 부모님이 바른 모습을 보여주지 못하면 자식을 교육할 수가 없다. 나는 고등학교를 졸업하는 아이부터 돈을 벌면 저금을 하라고 돼지 저금통을 사다 주고 이것이 다 차면 방송국에 갖다 주어 기부를 하라고 하는 등 하나하나 모범이 될 수밖에 없었다. 행여나 나의 전철을 밟는 자식이 나온다면 이 불같은 성격으로 그것을 보아줄 수가 없다는 것을 자식들과 나는 알기에 늘 조심스러웠음을 고백한다.

그토록 돈에 한이 맺혀 생활비를 마련하기 위해 누나가 어린 나이에 식모살이를 갈 때 어린 나의 마음은 오직 돈을 벌어야 한다는 이 생각뿐이어서 다른 것은 생각할 겨를이 없었다. 그런데 법원 경매를 종잣돈 천만 원으로 시작하여 조금씩 늘려가서 돈다발이 방구석에 탑처럼 쌓여있을 때 돈이 돈처럼 보이지가 않았다. 한때 나는 여섯 식구를 먹여 살리기 위해 하늘에 대고 내 심장을 가져가고 돈 1억만 달라는 못난 생각을 한 적도 있다. 그것은 내 목숨을 주고 1억을 가지고 내 가족들이 잘 먹고 잘 산다면 나는 내 책임을 다한다고 생각했기 때문이다. 돈을 벌고 나니 알 수 없는 공허감과 우울증이 나를 힘들게 하여 수면제를 4년이나 먹은 적이 있다. 돈이면 다 될 줄 알고 앞만 보고 돈을 벌고 나니 왜 이런 감정들에서 벗어나지 못하는지 자살도 생각하고 오만가지 생각을 다 했다. 돈이 있어도 괴로운 마음 여러분들은 이해하지 못하겠지만 그 당시 그런 환경들이 나를 힘들게 한 적이 있었다.

이제 와서 선한 사람도 되고, 성공도 하고 보니 별것도 아닌데 왜 이렇게 돈에 목숨을 걸며 살았는지 참 한심할 때도 있다. 돈 많은 사람은 골프 치고 가정의 화목은 사라지고 가정부가 해주는 밥을 먹고 그래도 내가 회장이라고 뽐내보지만 사실은 다 허울일 뿐이다. 우리는 진정한 삶의 모습을 보지 못하고 욕망적인 삶이 전부라고 하여 돈에 혈안이 되지만, 그것이 그렇게 인생의 전부를 걸 정도는 아니라고 나는 생각한다.

그저 조금 불편하지만 않으면 된다. 돈은 많아도 걱정이고,

없어도 궁핍한 삶이기에 스스로 돈에 대한 균형을 맞추어서 내가 돈의 주인이 되어야지, 돈에 끌려가는 삶을 살면 돈을 가지고도 불행한 삶을 살게 된다.

　나이 들어 돈이 있는 사람과 없는 사람이 차이가 난다고 하지만, 나이 들면 다 거기서 거기며 건강하고 아프지 않은 게 최고의 복임을 친구들을 통하여 배우고 있다. 있는 돈은 주변에 베풀고, 자식에게는 정신적인 삶을 대물림하여야지 돈을 대물림하면 그 집은 삼 대를 넘기지 못한다.

　인생을 살아가는 가치를 소중하게 생각하는 게 돈보다 더 소중한 유산이며, 그런 자질과 자격이 부족한 자식들이 부모의 재산을 상속받는 것은 오히려 독을 물려주는 것이기에 스스로의 삶을 개척하여 자수성가하는 삶을 키워주고, 아주 부족할 때 옆에서 조금의 희망을 주는 것으로 부모의 역할을 다해야 한다. 이것은 살아생전에 자식들에게 분명하게 교육을 하지 않으면 형제간에 의리만 상하기에 부모님들의 판단이 중요하다고 생각한다.

인생이 긴 것 같지만 잠깐이기에 지금 이대로 존재로 감사할 줄 알고 내가 가진 것을 조금 더 나눌 수 있으면 그 사람이 잘 사는 사람이라고 생각한다. 인생의 가치를 후학들에게 전할 수 있다면 그것은 더 감동의 삶이고, 저마다의 소질을 발휘하여 노년에는 거듭 아름다운 마무리가 되게 잘 회향하는 게 가장 아름다운 것이다.

삼천포 용산초등학교 선·후배 기념사진

10.
나의 인생에 도움을 주신 분들을 소개하며

지금에 와서 생각하여 보면 진명석의 인생에 도움을 주신 분은 너무도 많다. 그중에서도 제 삶에서 보람 있고 의미 있는 일 중 하나는 경주시에서 추진한 '문무대왕 유조비' 건립 사업에 비석의 비신과 좌대를 기증한 일이다.

다음은 문무대왕 유조비 건립을 위해 애쓰신 분들을 적었다.

*김석기 국회의원, 경주시장 주낙영, 심천 한영구 선생님, 경주 검찰청 수사과장 김종철, (주)두손 대표 손봉안 회장님, 경주 동해석재 대표 김재진 사장, 해설문을 쓰신 덕봉 정수암 선생님 등 여러 분께 감사를 드립니다.

*주변에서 도움을 주신 분들: (전) 대구은행 지점장 안순갑, (전) 동부산 수협은행 전무 최진태, (전) 서생중학교 교장 선생님 서정표, (전) 부산용산 22회 총무 박정희, (전) 경주시청 도시국장 김대길, 법무법인 대표 김상욱 변호사, (전) 대구은행 지점장 이선호, (주)동신조경 사장 이동현

그 온정을 저도 저를 필요로 하는 그 모든 분에게 회향하는 것으로 돌리겠습니다. 정말 고맙습니다.

11.
하늘의 복은 함께 나누는 것이다

감히 대한민국에서 하늘의 복을 받은 사람이 과연 몇 사람이 있을까? 그리 많지가 않을 것이다. 요즈음은 주식과 가상화폐로 손쉽게 몇백 억 부자가 된 사람이 많기에 자기의 노력과 주변의 도움 그리고 대자연의 성은을 받아 우리가 저 사람은 하늘의 복을 받아서 저런 일을 할 수가 있어서 하는 것은 개인적으로나 진 씨 가문에 영광임을 자랑스럽게 생각하며 먼저 가신 부모님과 장애자 형님의 공덕으로 이렇게 우리 가문을 빛낼 수가 있음을 부모님 전에 고하는 바이다.

어머니께서 그토록 바라던 우리 가정을 넘어 내 주변을 보듬을 수 있는 재력을 갖추었으니 이제 평안히 영면하소서. 선한 사람도 되고 어려운 이웃의 아픔을 함께 공감하는 사람으로 상대에게 도움을 줄 수 있는 사람이 되었으니 이제 하늘의 복을 주변의 사람들과 함께 나누는 삶을 살려고 한다.

하늘의 복을 받은 사람은 대자연이 지켜보기에 나만을 생각할 수가 없으며, 나누어야 함을 당연하게 생각한다. 모든 것은 나의 노력과 주변의 도움으로 이런 복을 받을 수가 있었고, 그 하늘의 복은 그 누구의 것도 아닌 우리 모두의 것이기에 엄중한 책임을 통감하는 바다.

말굽 산의 내공이 시절 인연을 맞아 우리 모두에게 바람과 돌, 흙으로 돌아갔다. 바람이 불고 천둥이 치고, 황산벌이 요동을 치는 그 광경들을 나무와 돌들은 보고 듣고 자라서 다시 자기의 고향으로 돌아갔다. 이제 그 산의 자취는 마주하지 못하지만 새롭게 변모된 환경을 만날 것이다. 많이들 사랑을 주시고 그 자리가 더 우리 모두를 이롭게 하는 장소로 남아주길 기도한다.

12.
인간 진명석 여러분들에게 감사의 절을 올립니다

　　　　아무 보잘것없는 삼천포 촌놈이 울산에 와서 여러분들의 도움으로 이제 겨우 이름 석 자를 남기게 되었습니다. 젊어서 한때 울산에서 나의 이름을 대면 그래도 형님 소리를 들었지만, 그런 차원을 넘어 평범한 인간으로 돌아와 선한 사람이 되어 여러분들 앞에 섰습니다. 울산에 올 때 아무것도 가진 것이 없었는데 여기저기 여러분들의 도움으로 너무 과분한 복을 받았습니다.

　울산에 올 때 빈손이었고, 이곳을 떠날 때도 역시 빈손임을 저나 여러분들은 알고 있습니다. 16살 어린 나이에 삼천포에서 택시 조수로 시작한 울산 생활이 이제 70을 앞두고 있으니, 시간은 참 빠르게 지나갔습니다. 늘 한가한 마음으로 살지 못하고 쫓기듯 울산에 와서 불과 삼십 년 전까지는 역시 쫓기듯 발버둥 치며 살다 보니 어느새 흰머리가 내려앉았습니다. 저의 이름을 아는 이나 모르는 이나 오늘은 크게 삼배를 올립니다. 정말로 고맙고, 감사 인사를 올립니다. 이 울산과 경주, 크게는 대한민국의 국민으로 이만큼 살 수 있음에 드릴 말씀은 감사하고 고맙다는 말씀밖에 없습니다.

저 역시 여러분들의 도움으로 이렇게 왔기에 마지막으로 나의 가진 모든 역량을 이 땅의 대한민국을 위하여 자비행으로 회향하겠습니다.

감사합니다.

13.
자식들이 부모님께 올리는 편지

큰아들과 큰며느리가 부모님께 올리는 편지

존경하고 사랑하는 아버지, 어머니께

부모님 아들 기혁입니다.

이렇게 부모님을 생각하며 편지를 쓰게 되니

더욱더 마음이 경건해집니다.

지난 세월 동안 변함없는 사랑과 희생으로 가족을

지켜주신 부모님.

부모님의 가족에 대한 사랑과 희생으로 보듬어주신 덕

분에

저도 한 가정의 가장 그리고 어엿한 두 아이의 아빠가

되었습니다.

집안의 가장이 되고 보니 부모님께서 그 보여주신 그
모습처럼

저보다 가족을 더 생각하게 되고 더 좋은 환경을 만들
어 주고자

열심히 그리고 더 성실하게 살아가고 있습니다.

저도 자식을 낳고 살아보니 부모님의 삶의 무게와 가
족에 대한 사랑이

더 크게 다가옵니다. 부모님의 가르침을 본받아 더욱
더 열심히 살아가는

아들 며느리가 되도록 노력하겠습니다. 그리고 변함없
는 사랑과 희생으로

베풀어주신 만큼 저도 더욱 힘을 내어 열심히 살아가
겠습니다.

부모님을 사랑하고 존경합니다. 기혁 올림

큰딸이 부모님께 올리는 편지

사랑하는 부모님께

안녕하세요.

큰딸 설아예요

성인이 되고 부모님께 이렇게 편지를 쓰는 게

처음인 것 같아요

저도 결혼을 하고 아이를 낳고

키워보니 부모님의 마음을 점점 알아가고

하루하루 배워 나가고 있습니다.

저를 언제나 바른길로 인도해 주시고

저의 든든한 버팀목이 되어주셔서 감사합니다.

무뚝뚝한 성격 때문에 제대로 감사하다는 말은

못 드렸지만 마음속으로 항상 감사해하고 있어요.

행복한 가정을 이루고 건강한 삶을 살도록

이끌어 주셔서 감사하고 사랑합니다, 부모님.

큰딸 설아 올림

*막내딸이 부모님께 올리는 편지 *

사랑하는 우리 아빠께

아빠의 사랑스러운 막내딸 나래예요.

어릴 때 학교에서 쓰던 편지 이후로

이렇게 아빠한테 손편지를 쓰는 건 오랜만이라

민망하고 어색하네요.

늦둥이인 제가 성인이 될 때까지도 까맣게 그을린 피부로

열심히 일해 오신 아버지께 내색하지 않지만

항상 감사하게 생각하며 살고 있습니다.

어릴 땐 몰랐지만 성인이 되고 많은 사람들을 만나보

면서 정말 내가 불편함 없이 사랑받으며 살았구나를 느

끼게 되었어요.

아빠와 엄마가 흘린 땀 덕분에 제가 이렇게 아무 탈

없이 건강하게 자랐겠지요.

사람에 있어 딸에게 좋은 말뿐만이 아니라 모진 말도 할 수 있는 건데 알면서도 툴툴대고 짜증 내고 했던 것 같아요.

불같이 화내던 아빠의 모습도 많이 사라져 온화해진 모습에 세월이 많이 흘렀다는 걸 새삼 느끼고 있어요.

항상 같은 모습으로 내 곁에 있을 거라 생각했는데 볼 때마다 바뀌는 것에 더 그렇게 느끼는 것 같아요.

제가 서울에 있고 부모님이 울산에 계시니 자주 못 뵈는 것도 있고.

아무리 세월이 지나도 아빠, 엄마가 제 사랑하는 부모님이고 제가 그런 부모님의 막내딸인 건 절대 변함없는 부분이지요!

항상 행복하고 건강하셨으면 좋겠어요.

아빠, 사랑하고 감사합니다.

막내딸 나래 올림

가족 사진

14.
자서전을 마치면서

와룡산 삼천포 샛고랑 모정골에서 골목대장 하던 소년의 이야기로 시작하여 할 말과 못할 말을 구분하지 않고 70을 앞둔 노장의 마음속에 앙금을 시원하게 여러분들 앞에 드러내놓으니 시원은 하지만 여전히 부끄럽습니다.

여기에 내용은 저의 인생을 살아오면서 사실 그대로 더함도 뺌도 없이 마음의 허물을 벗고 선업을 짓고자 솔직하게 이야기를 적었습니다.

동네에서 함께 자란 친구와 후배들 그리고 여전히 고향을 지키며 살아가시는 부모님들과 동시대를 함께 살아가는 사람들과 이 노장의 이야기를 나누고 싶습니다. 그리고 사랑하는 나의 공동체 가족들에게도 이 아버지의 삶의 여정을 남깁니다. 이 자서전 한 권으로 아버지의 삶은 충분히 보여 주었으니 다들 지금의 자리에서 하늘의 복을 받은 후손답게 이웃에게 도움이 되는, 그리고 행으로 실천하는 사람들이 되어 주시기를 발원합니다.

부족한 노장의 글 읽어주셔서 감사드리고, 읽는 분 모두 하늘의 복을 받을 사람이 되시기를 진심으로 응원합니다.

고맙습니다.

2023년 11월, 첫눈이 펑펑 내리는 와룡산 모정골에서

진명석 쓰다